dear+ novel
idol hajimemashita

アイドル始めました

久我有加

新書館ディアプラス文庫

アイドル始めました

contents

illustration：榊 空也

アイドル始めました
idol hajime mashita

石山周太《いしやましゅうた》は小さな会議室にセットした折り畳《たた》みの椅子にのろのろと腰を下ろした。目の前には、やはり折り畳みの椅子がぽつんと置かれている。

開け放っていた窓から爽《さわ》やかな風が入ってきた。季節は春。桜は既に散り、青葉が勢いを増しているが、周太の気は重い。

「十分前や。そろそろ来るな」

隣に腰かけた中肉中背でやや頭髪が寂しい中年男性——串田《くしだ》に声をかけられ、はいと周太は小さく応じた。

これから町おこし企画「田造《たづくり》市男性アイドルグループプロジェクト」の面接をするのだ。

面接いうても、来るんは二人だけやけど……。

面接官も二人である。田造市役所の観光企画課に勤める周太と、周太の上司で観光企画課の課長である串田だ。もっとも、串田は立ち合うだけで面接には関係ない。今回の企画を担当しているのは周太一人である。

しかし今日の面接次第で企画は潰《つぶ》れるかもしれない。上も下も年齢制限を設《もう》けなかったにもかかわらず、応募者はたったの十七人。書類選考の段階でアイドルと呼ぶに相応《ふさわ》しいと思われる人物は二人だけだった。一人は地元の高校生で、もう一人は隣の市に住む大学生だ。特に大学生の方は本気でアイドルをやる気があるのかどうかわからない。

やっぱりご当地アイドルなんて、無理とちゃうやろか……。

ふいにコンコンとドアがノックされて、びく、と全身が強張《こわば》る。

「失礼します」

顔を覗かせたのは長身の男だった。整った彫りの深い面立《おもだ》ちだ。シャツにジャケット、パンツという変哲もない格好だが洗練されて見えた。履歴書の写真そのままである。

「田造市の男性アイドルグループの面接に伺った中村《なかむら》です。面接会場はこちらでよかったでしょうか？」

「はい、ここで大丈夫ですよ。お待ちしてました、中村さん。どうぞおかけください」

愛想よく答えたのは串田だ。失礼します、と再び頭を下げた男——中村は椅子に腰かけた。

「中村秋楓《かえで》です。よろしくお願いします」

やや低めの声だが、はきはきとした口調だった。整った容貌に浮かぶ笑みは爽やかで、いかにも充実しています、といった感じである。

苦手なタイプや……。

トントンと串田に腕を叩かれて、周太はハッと我に返った。

怖《おじ》けている場合ではなかった。面接を始めなくてはいけない。

軽く咳払《せきばら》いした周太は、恐る恐る中村を見つめた。

「え、と、あの……、私、今回の企画の責任者代理で、か、観光企画課の、石山といいます。あの、今日は、面接に来てくださってありがとうございます」

どうにかこうにかそこまで言って頭を下げると、中村もまた頭を下げた。何をどう尋ねていいかわからなくて必死に言葉を探す。人と接するのは苦手な方なのだ。

そもそもご当地アイドル企画を発案したのは周太ではなく、観光企画課の女性の先輩、門脇《かどわき》である。周太は彼女の部下として企画に加わっただけだ。

アイドル好きだという門脇はやる気満々だった。しかし、これから企画を進めるという段階になって妊娠が発覚した。中学一年の双子の息子がいる彼女にとって想定外の妊娠だったらしく、本人も驚いていた。

ほんまごめんな、石山君。できるだけの準備はしといたから、私が戻ってくるまでがんばって！　頼んだで！

そう言って門脇は産休に入っていった。

門脇さんには悪いけど、俺一人ではやれる気がせん……。

周太には門脇のような押しの強さも明るさも行動力もない。今も面接をされる方ではなく、する方であるにもかかわらず緊張している。相手の人となりを見なくてはいけないのに、うまく質問できるかと自分のことでいっぱいいっぱいだ。

「あの……、こ、今回の企画に、応募された動機についてですが、町おこしに、興味がおありなんですよね？」

必死の思いで尋ねると、はい、と中村は真面目な顔で頷いた。

「私は今、大学で地方経済について学んでいます。講義で習う理論やデータだけではわからないことがあるので、実際に町おこしに参加して学びたいと思いました」

アイドルグループは、とりあえず一年間限定で活動することになっている。中村は二年に進級したばかりだから、就職活動が本格化する前に活動が終わる。アルバイトに精を出したり、専攻している分野と関係のないボランティア活動をしたりするより、就職活動でアピールできるのは間違いない。納得の動機だ。

やっぱり、田造市に魅力を感じて、とかやないんやな……。

「お住まいの大実市《おおみし》は、田造とは違って、町おこしは必要ないですもんね……」

卑屈な物言いになってしまったのは仕方がない。なにしろ大実市には有名な戦国武将が建てた城やら、明治の頃に建てられた貴重な近代建築やら、観光資源がたくさんある。昔からよく映画やドラマのロケ地になっていたし、最近ではアニメの舞台にもなり、聖地巡礼と称してアニメ好きが世界中から集まっている。出身者には芸能人をはじめ、各界の著名人がいる。世界的に有名な木工細工や硝子《ガラス》細工もある。

また、全国でも名の通った繊維《せんい》工業会社の本社があり、市のはずれに大きな工場もある。観光収入を除いても財政は豊かだ。市立大学もあり、その大学の付属の大きな病院もある。大型のショッピングモールや美術館、博物館もある。

対して大実市に隣接した田造市は、これといった歴史的建造物も景勝地もない。あるのは田んぼと畑と山ばかりだ。市の出身の著名人もいない。大学もない。まさにナイナイ尽くしの自治体である。ただ、大実市より家賃や土地の値段が安いので、大実市にある会社や学校へ通う人が住む家やマンションは林立《りんりつ》している。典型的なベッドタウンだ。

中村が本気で田造市のアイドルをやる気があるのか疑わしいと思ったのは、彼が大実市民であることも一因である。

中村は、そうですね、とにこやかに頷いた。

「大実市ではこういう企画はないので、田造市で参加させてもらえたら嬉しいです」

こんな堂々と厭味《いやみ》を言うのか、と全身が強張ったが、中村は屈託《くったく》のない笑みを浮かべていた。厭味で言ったわけではないらしい。

「あの……、中村さんは、ずっと、大実で暮らしてこられたんですか?」

「はい」

「それでは、あの、田造市にどんな印象を持っておられますか?」

周太はおずおずと尋ねた。田造市は大実市民から皮肉を込めて、「食う寝る市」と呼ばれている。田畑と家の他は何もない、という意味だ。事実なので何も言い返せない。

これといった特徴のない田造市で生まれ育った田造市民は、否《いや》が応《おう》にも大実市を意識して育つ。周太も大実コンプレックスから抜け出し、消極的な己を少しでも変えようと、勇気を振り絞って東京の大学へ進学した。大勢の地方出身者がいる場所の方が、視野が広く持てるのではと思ったのだ。

しかし東京は、想像していた以上に恐ろしいところだった。時間も話し方も人の動きも、何もかもスピードが速い。信じられないほど人が多い。どこもかしこも混雑している。キラキラと輝いている人がたくさんいて、おとなしい人間は容赦《ようしゃ》なく置き去りにされる。

東京に打ちのめされた周太は、どうにかこうにか四年間をやりすごした後、逃げるように故郷へ帰った。「何もない」故郷が、いかに自分にとって安心できる場所なのかを実感した。

運良く市役所に採用されてほっとしたのも束《つか》の間、周太は田造市が窮地《きゅうち》に陥《おちい》っていることを知った。田造市の人口が、ここ数年で徐々に減少していたのだ。

原因は、田造市の南に位置する大実市とは反対側、つまり北に位置する雨覆《あまおおい》市で大規模な宅地開発が始まったせいである。雨覆は田造より更に何もない田舎だが、面積は田造の二倍近くある。そして田造より圧倒的に土地が安い。にもかかわらず電車で三十分ほどあれば大実に行ける。金銭的にそれほど余裕のない若い家族が、田造より雨覆を選ぶのは必然だった。特に賃貸物件住みの人たちは自分たちが田造市民であるという意識やこだわりが希薄《きはく》だから、簡単に引っ越していく。

このままでは人が減り続ける。これといった産業がなく、観光地もなく、中途半端に地価が高い田造は、衰退《すいたい》の一途をたどるだろう。

門脇がアイドル企画を立ち上げたのも、なんとかしなくては、という強い焦《あせ》りからだ。その気持ちは、周太にも痛いほどわかる。

こんなこと、大実市の人は考えたことないやろな……。

まさにその大実で生まれ育った中村はニッコリ笑った。

「田造のお米、美味《おい》しいですよね。うちはずっと田造のお米を食べてます。他のお米は食べません。最近発売になったたづくり米《まい》も美味しかったです。たづくり米で作るおにぎりは、具を入れなくても食べられます」

米は確かに、昔から田造市の名産だ。世界的なおにぎり人気にあやかろうと、農家が共同で出資しておにぎりに向いた新種、「たづくり米」を開発した。今、市をあげてその宣伝に力を入れている。飲食店や惣菜《そうざい》店で「たづくり米」を使った変わり種おにぎりを作ってもらい、田造に来た人たちに食べてもらおうという「たづくりにぎり企画」が進行中だ。古参の職員たちにも雨覆市の宅地開発に対する危機意識があり、あれこれ工夫を凝《こ》らしている。

しかし、他の土地にも美味しい米はある。変わったおにぎりもある。唯一無二とは言えない。米が田造市でアイドルをやる理由になるとは到底《とうてい》思えない。

周太の気持ちを読んだかのように、中村は続けた。

「大実市には城や近代建築など、様々な観光資源があります。特産品も多いです。伝統がたくさん残っているのは素晴らしいことですし、この先も守っていくべきだと思います」

大実市の自慢をするということは、本音では何もない田造をバカにしているのだろうか。

実際、何もないからバカにされてもしゃあないけど……。

情けない気持ちになっていると、ただ、と中村は続けた。

「私は新しいことに興味があるんです。ほとんどの自治体は、大実市のような特徴や歴史的建造物を持ちません。そういう自治体こそ町おこしが必要だと思うんです」

中村は周太の目をまっすぐに見つめた。

「もちろん伝統は大事です。伝統を守っているのは大実の良さだと思いますが、自分らで一から新しいことを始めたいと思ても、大実市では難しい。けど、田造市では新しいことができる。今回の企画は、まさに一から始める新しいものですよね。そやから参加してみたいと思いました」

はっきりと言われて、周太は瞬《まばた》きをした。正直、驚いた。

何もないからこそ、できることがある。

そういう考え方もあるんか……。

「なるほどなあ。一理あるな、石山君」

串田の言葉に、はあと周太は小さく頷いた。

——いや、でも、確かにそういう考え方もあるけど、ほんまにそう思《おも》てるんやろか。

口がうますぎて、いまいち信用できない。途中でやっぱりやめますと言われたら困る。門脇が戻ってくるまでは、なんとか企画を続行させなくてはいけないのだ。

周太は意を決して口を開いた。

「あの……、正直に、言います。田造市がたづくり米のおにぎりを推《お》してるんは、それくらいしか、推せるもんがないからです。たづくり米のおにぎりは美味しいけど、大勢の人に知ってもらうためには、おにぎりだけでは弱い。そ、それを効果的に宣伝する何かが必要です。たづくり米のため、ていうわけやないですけど、アイドル企画を立ち上げたんは、その、えと、プラスアルファがほしかったからです」

周太にしては比較的スムーズに言葉が出てきたのは、全て門脇の受け売りだからだ。彼女はこのアイドル企画にかけていた。

「イチかバチかの勝負みたいなもんですから、予算は、ほとんどついてません。職員の中には、遊び半分で金を使うなて、企画そのものに反対した人もいます」

周太は一度、言葉を切った。掌《てのひら》と額《ひたい》にじわりと汗が滲《にじ》む。こんな風に誰かの前で長く話すのは苦手だ。

しかし仮にでも企画の責任者となった以上は、言うべきことは言わねばならない。

「たぶん……、アイドルとは名ばかりで、大変なことの方が、多いと思います。活動は、土日になりますから、休みのほとんどを、田造に来てもらうことになります。給料……、ていうか手当ても、謝礼程度しか出ません。それでも、あの、大丈夫ですか？」

マイナスの情報は黙っていた方がいいのかもしれないが、最初に言っておかないと、後で話が違うと怒るかもしれない。

恐る恐る中村を見ると、彼はふいにニッコリと笑った。端整な凛々《りり》しい面立ちだが、そうして笑みを浮かべると柔らかく見えて親しみが湧く。

「はい、大丈夫です。私にできることやったら、何でもさせてもらいます」

「ほ、ほんまですか……?」

「ほんまです」

迷いなく即答されて、ほんまにほんまですか、と念を押すわけにもいかず、えと、あの、としどろもどろになってしまう。すると、串田にバシバシと背中を叩かれた。

「何でもするなんて、なかなかそこまで言うてもらえへんで。よかったな、石山君! よし、中村君、採用や!」

ありがとうございます、よろしくお願いします、と中村は頭を下げた。またしても串田に背中を叩かれる。これ以上ネガティブ発言したらあかん、と諌《いさ》められているのがわかった。

中村はその様子をニコニコと笑って眺めている。堂々としていて、全く物怖《ものお》じしていない。

俺とは正反対のタイプや……。

「そんで結局、その大実っこの中村君しか採用できんかったんか」

たくさんの和菓子がズラリと並ぶガラスのショーケースの向こうから、こげ茶色の甚平《じんべい》を身につけた姉の汐莉《しおり》が声をかけてくる。

うん、と周太は小さく頷いた。

「高校生の子は、部活との両立が難しそうやからって辞退してきたから……」

「なんじゃそら。そんなん最初からわかってたやろ。面接までいっといて辞退するてどういうことやねん。無責任やな」

ぶりぶりと怒る姉に、周太は苦笑した。

相変わらずやな、姉ちゃん……。

怖がりでおとなしい周太とは反対に、二つ上の姉は豪快で鉄火《てっか》な性格である。容姿も似ていない。これといった特徴のない地味な顔立ちの周太とは反対に、姉は目鼻立ちのはっきりとした美人だ。

日曜の午後一時すぎ。周太の実家であるこぢんまりとした和菓子店『いしやま』に客の姿はない。とはいえゴールデンウィークの真っ最中ということもあり、午前中は店の名物である豆大福目当ての客でそれなりに賑《にぎ》わっていた。今、周太が腰かけている椅子にも常連の年配の女性たちが陣取《じんど》って、一頻《ひとしき》り世間話をしていた。

ちなみに周太は大学を卒業後、マンションを借りて一人暮らしをしているので、ここには住んでいない。市役所まで自転車で五分、実家までは十分といったところだ。

「ていうことは、アイドル企画はナシになったんか?」

姉の問いに、ううんと首を横に振る。

「中村君イケメンやし、やる気もあるから惜しいていう話になって……。串田さんが、いっくんに頼んだらどうやて言い出した」

「はあ? いっくん来年三十路《みそじ》やろ。そんな年でアイドルできるんか?」

「年齢制限とかないから大丈夫や。なんか串田さん、商工会議所の偉いさんと同級生みたいで、そっちにも話してみるて言うてはった。俺からもいっくんに頼むつもりや」

いっくんこと根津逸郎《ねづいつろう》は、『いしやま』の三軒隣にある花屋『フラワーショップねづ』の長男である。今時のイケメンではないものの、昭和の映画俳優を思わせる二枚目だ。

逸郎は花屋を継がず、商工会議所に勤めている。店を切り盛りしているのは、彼の年の離れた兄夫婦だ。

「あんた、いっくん誘うん企画のためやのうて自分のためやろ。ええ加減いっくん離れして、自分一人でやってけるようにならんとあかんで。仮にも責任者なんやからな」

ずけずけと言う姉に、う、と周太は言葉につまった。

きつい姉に子供の頃から振りまわされてきた周太は、近所の「お兄ちゃん」である逸郎に懐《なつ》いた。優しくて男気のある逸郎は何かと相談に乗ってくれ、励ましてくれた。食べるのが遅い周太のおやつを横取りしたり、無理矢理おままごとに付き合わせたりする姉を、ええ加減にせえと叱ってくれたことも一度や二度ではない。東京へ進学した後も、よく連絡をとっていた。二十四歳になった今でも、逸郎は周太の良き理解者である。

「それより周太、早《は》よおにぎり食べて。そのためにあんたを呼んだんやから」

姉に言われて、周太はテーブルに置かれた小ぶりのおにぎりを見下ろした。

あんまり美味しそうやない……。

『いしやま』も「たづくりにぎり企画」に参加している。『いしやま』の三代目を継ぐ姉は新しい目玉商品になればとあれこれ試作をくり返しているのだ。周太はその試作品を毎回食べさせられている。ちなみにこのおにぎりの前は、羊羹《ようかん》入りのおにぎりだった。率直に言って不味《まず》かった。

姉にじろりとにらまれ、周太は慌てておにぎりに齧《かじ》りついた。中に餡子《あんこ》と塩昆布《しおこんぶ》が入っている。米と餡子という組み合わせはおはぎを連想するが、たづくり米にはもち米ほどのインパクトがないからか、餡子の甘さとのバランスがとれていない。なおかつ、甘さと塩けのバランスも悪い。

「どうや」

「あんまり……」

「美味しいないんか」

うんと遠慮がちに応じると、姉は眉を寄せた。

「どういう風に美味しいないんや」

「餡子の量が多い気がする……」

「甘すぎるってこと？」

「甘すぎるていうか、餡子の味しかせえへん。米が負けてしもてる」

ふうん、と姉は渋い顔のまま頷いた。

「まあ、あんた味覚だけは確かやからな。もういっぺんやり直すわ」

大阪の大学を卒業後、神戸の老舗《しにせ》洋菓子メーカーに勤めていた姉は、去年、突然会社を辞めて実家に戻ってきた。そして跡を継ぐべく修行を始めた。もっとも、姉だけでなく周太も、両親と祖母に跡を継いでほしいと言われたことはない。周太が市役所に就職したときも、普通に祝ってもらえた。もともとおとなしくて人見知りな長男は客商売には向かないと思われていた節《ふし》もある。姉が戻ってきたときは、三人とも嬉しそうだった。

美味しくなくても残すと怒られるので、残りをたいらげていると、奥にある厨房《ちゅうぼう》から父が顔を出した。母と祖母は昼休憩に入ったようだ。

「周太、おにぎりどうやった」

「あんまり……」

「やっぱりそうか。汐莉、もういっぺん考え直せ」

はい、と姉は神妙に返事をする。家に戻ってくるまでは何かと父に反抗していたが、跡を継ぐと決めてからは父を「師匠」として見ているらしく、菓子作りに関しては一切逆らわなくなった。

姉ちゃんは横暴《おうぼう》やし怖いけど、そういうけじめをちゃんとしてるとこは凄《すご》い。

素直に感心していると、カラリと戸が開いた。いらっしゃい、と父と姉が声をそろえる。

振り向いた先にいたのは、長身の若い男だった。明るい雰囲気の端整な面立ちを目《ま》の当たりにして、あ！　と思わず声をあげる。

男――中村は驚いたように目を丸くした。かと思うと爽やかな笑みを浮かべる。

「石山さん、こんにちは」

「え、あ、こ、こんにちは。ど、どうしました。何か問題でもありましたか？　あの、やっぱり参加は、無理とかですか？」

焦って尋ねると、中村はゆっくり瞬《まばた》きをした。そしてまたニッコリと笑みを浮かべる。

「いえ、無理やないです。大丈夫です」

「そ、そうですか……。よかった……。けど、そしたらなんでここに……」

「田造市のことをもっと知りたい思て、この辺りをぶらぶらしてたんです。そしたら美味しそうな和菓子屋さんがあったんで入ってみました」

「あ、そうなんや……」

間の抜けた声を出した周太をよそに、姉が中村に声をかける。

「もしかして中村君？」

「あ、はい。中村です」

見知らぬ女性に名前を言い当てられたせいだろう、中村は戸惑いながらも返事をする。

姉は改めて中村を頭の天から足指の先まで眺めた。

「確かにめっちゃイケメンやな！　東京でもアイドルできそうやんか。なんでまた田造なんかのアイドルになろうて思たん？　何か裏があるんとちゃう？」

初対面にもかかわらず、姉はずけずけと尋ねる。汐莉、と咎《とが》める父にも、菓子作りに関係ないからだろう、おかまいなしだ。

中村が気を悪くするのではないかとハラハラしたが、ハハ、と彼は明るく笑った。

「裏なんかありませんよ。新しい町おこしに参加したかっただけです。今日、田造に来たんも、面接のときに石山さんにも本気度を疑われたんで、真剣やていうことをわかってもらうために勉強しよう思て」

「いや、そんな、疑《うたご》うたわけや……。ただ、その、あの、すんません……」

中村のような大実出身のイケメンが田造のアイドルをしてくれるとはにわかに信じられなかっただけだが、疑ったのは本当なので、周太は小さな声で謝った。

くす、と中村は笑う。

「採用してもろたし、気にせんといてください。石山さんのご実家、和菓子屋さんなんですね」

「ああ、はい。あの、昔から、この商店街で商売やってて……。あ、父と姉です」

二人を手で示すと、中村です、と彼は改めて挨拶《あいさつ》した。

「俺、ちっちゃい頃から餡子が好きなんです。表に豆大福の貼り紙があったから、豆大福がおすすめなんですよね」

「おすすめは豆大福やけど、よもぎ餅《もち》も美味しいで」

横から口を挟んだ父に、中村はニッコリと笑った。

「そしたら豆大福とよもぎ餅を三つずつください」

はいよ、と愛想よく応じたのは姉だ。

「もしよかったらここで食べてく？　疑《うたご》うたお詫《わ》びに、豆大福ひとつサービスするわ。お茶も入れるから座って」

「ええんですか？」

「ええよ。今周太が座ってるとこで食べて帰らはる常連さんも多いから」

「そしたら、お言葉に甘えていただきます」

ペコリと頭を下げた中村は、失礼しますと言って周太の隣に腰を下ろした。そして興味深そうに周太を見つめる。

「石山さん」

呼んだ彼に、はい、と父と姉が返事をした。

「あ、すんません。こちらの石山さんを呼んだんですけど」

姉は明るく笑って、こっちこそごめんと謝った。

「私ら全員石山やからなあ。周太のことは周太さんて呼んだら？」

「えっ、ちょ、姉ちゃん」

「ええやんか別に。またうちに来てくれたときにややこしいなるやろ」

一人慌てていると、周太さん、と早速名前で呼ばれた。

え、あの、はい、とぎくしゃくしながら返事をする。

「俺、年下やし敬語使《つこ》てくれはらんでもええですよ」

「や、けど……」

「ほんまにタメ口でいいです。年上の人に敬語使われると、俺が気後《きおく》れするんで」

ニコニコ笑いながら言われて、はあ、と周太は頷いた。

自分に自信のある人は違うな……。

いつでもどこでも堂々としている。

「それ、たづくり米のおにぎりですか？」

周太の前にもうひとつ置かれていたおにぎりに、中村が目をとめた。

「あ、うん。そうやけど、試作品やから」

「新しいおにぎりを作ってはるんですね。ここへ来る前に、いろんなお店でたづくり米のおにぎりを売ってはるんを見ました。ケーキ屋さんでもおにぎり売っててびっくりした。お昼にこの角のラーメン屋さんのおにぎりを食べてみたんですけど、美味しかったです」

「ああ、炒めたラーメンと紅《べに》しょうがが入ってるやつな。俺も食べた。焦《こ》げ目が香ばしいて美味しかったな」

自分のテリトリーの話題だったせいだろう、周太は思わず大きく頷いた。

中村はなぜか瞬きをした後、おにぎりに視線を移す。

「それ、食べてみてもええですか？」

「え、や、これは美味しいないから」

「試作品なんでしょう？　いろんな人の感想を聞いた方がええと思います」

「それは、そうやけど……」

口ごもっている間に、中村はひょいとおにぎりを手にとった。止める間もなく、いただきます、と言ってぱくりと頬張《ほおば》る。

「あ、それ食べてしもたか！　美味しいないやろ。ほれ、お茶、お茶！」

豆大福とお茶を運んできた姉が、慌てて湯呑《ゆの》みを差し出す。

三口でおにぎりを全て食べ終えた中村は、ありがとうございますと軽く頭を下げてお茶を飲んだ。そして考え込むように首を傾《かし》げる。

「餡子が好きやから、美味しいないことはないです。ただ、味のバランスが良うない気がします。もうちょっと餡子が少ない方が、お米が引き立つかも。あと、同じしょっぱいんやったら塩昆布より、梅干しの方がええんとちゃうかなあ」

中村は遠慮することなく感想を言う。人によっては生意気に聞こえるかもしれないが、柔らかな物腰のせいで尖《とが》って聞こえない。

「梅干しか……。なるほどな！　いっぺんやってみるわ、ありがとう！」

俄然《がぜん》やる気を出した姉に、いえ、と笑顔で応じた中村は、今度は豆大福に齧りついた。味わうようにゆっくり咀嚼《そしゃく》する。やや厚めの唇の口角《こうかく》が上がった。

「凄い、美味しいです。餡子が滑《なめ》らかで、けど甘すぎんくて。今までいろんな豆大福食べてきましたけど、これが一番好きや」

嬉しげに言われて、そうか、よかった、と父が嬉しそうに応じる。

中村は豆大福を休まずに頬張った。無理をしている様子はない。

お世辞……、ではなさそうや。

しかし彼は美味しくないおにぎりも全て食べた。やはりお世辞かもしれない。

ぐるぐると後ろ向きに考えていると、周太さん、とふいに呼ばれた。うわ、はい、と慌てて返事をする。

「面接のとき、責任者代理て言うてはりましたよね。ほんまの責任者の方はどうしはったんですか？」

「ああ……。あの、今、産休で休んではるんです。アイドル企画を立ち上げはったんも、その人で……。俺はほんまは、サポート役やったんです。なんか、いろいろ、至らんことばっかりで、すんません……」

そんな頼りなくて大丈夫なのかと言われている気がして、周太はしおしおと謝った。

「謝らはることないですよ。なるほど、そういうことでしたか。ていうか敬語。タメ口でいいですって」

「あ、ごめん」

慌てて謝った周太は、内心で焦った。頼りないと思われたままではまずい。

「あ、あのっ、そんでも、ほんまの責任者が戻ってくるまで、なんとか精一杯、がんばりますから、よろしくお願いします」

決死の思いで頭を下げると、小さく笑う気配がした。

「こっちこそ、よろしくお願いします」

穏やかな口調で言われて、そろりと視線を上げる。中村はゆっくりとお茶を飲んでいるところだった。お茶も美味しいです、と笑った顔にあきれの色がなくてほっとする。

これから先、やらなければいけないことが山積みだ。中村に愛想《あいそ》を尽かされないためにも、もっとしっかりしなければ。

翌週の土曜、中村と一緒に「いっくん」こと根津逸郎にも、市役所の会議室に来てもらった。結局、他の候補者は見つからず二人だけになったのだ。

「まず、たづくり米と、米作り体験ツアーを紹介する動画に、出演してもらいます。撮影の許可は既にとってありますので、いつでも撮影に入れます。あ、あと、オリジナルの歌ができてますんで、さっき言うた動画の撮影と並行して、歌と振り付けを練習してもらいます。えと、完成したらミュージックビデオ風の動画を撮って、できるだけ早《はよ》う、SNSにあげたいと思てます。来月の商工会議所主催の物産展で、ステージデビューを予定してますので、よろしくお願いします」

Ａ４の紙に印字したスケジュールを読み上げた周太は、ふー、と思わずため息を落とした。ちなみにスケジュール表を作ったのは門脇である。

ふうんと逸郎が頷いた。その隣で中村も真剣な顔で紙に視線を落としている。

今日は朝から曇《くも》っているのに蒸し暑い。会議室には緩《ゆる》く冷房がかかっており、二人の前にはお茶のペットボトルが置かれている。

「オリジナルの歌て誰が作ったんや」

尋ねたのは逸郎だ。くっきりとした眉と切れ長の目は精悍《せいかん》な印象である。隣に腰かけている中村の柔らかな雰囲気と対照的で、タイプの異なるイケメン二人が並んでいる様は、なかなかの迫力だ。

アイドル企画に参加してくれと頼むと、逸郎は案外あっさり承諾してくれた。一年間という期間限定の活動であることも大きかっただろうが、よほど周太が困って見えたので協力してくれたのだろう。

やっぱりいっくんは頼りになる。

この場にいてくれるだけでも安心感が違う。

「えっと、作詞作曲は、門脇さん……、この企画のほんまの責任者の、甥《おい》っ子さんです。実家は田造にあるんですけど、今、東京の大学に通いながらバンド活動をやってはるそうで、動画サイトでかなり再生されてて、プロにならんかて声がかかってるみたいです」

周太の説明に、へえ、凄いですね、と中村が感心した声をあげる。

送られてきた歌は明るいポップスだったが、若干《じゃっかん》昭和の香りがした。そこがいかにもご当地アイドルっぽくて感心した。

「タイトルは、たづくりで会いましょう、です。後で聞いてもらうんで、よろしくお願いします」

「わかった。振り付けは誰がやってくれるんや」

また逸郎に問われて、はいと頷く。

「ダンススタジオの先生が、格安で引き受けてくれはりました」

「ダンススタジオて、田造にそんなコジャレたもんあったか？」

「去年、駅前に新しいビルが建ったでしょう。そこの一階にできたんです。門脇さんが飛び込みでお願いしはったら、びっくりしながらも引き受けてくれはったそうです」

田造駅前にスタジオをオープンしたダンス講師は大実市の出身だが、今現在は田造市民だ。

「企画自体は順調に進んでるんやな」

「はい、今んとこは」

なるほど、とつぶやいてお茶を飲んだ逸郎は、真面目な顔で言った。

「引き受けといて申し訳ないけどな、周太。俺も仕事があるから全部のイベントに参加できるかどうかわからん。俺がおらんときに中村君一人だけていうのは大変やろ。中村君かて大学の講義があるから出れんときもあるやろうし、せめてもう一人はいてくれんと。なんとかならんのか？」

「俺も、そう思て、探してはいるんですけど……」

今日までの五日間、両親や姉のツテを頼ったり、中学高校時代の数少ない友人にもあたってみたりしたものの、引き受けてくれる人は見つからなかった。

黙ってやりとりを聞いていた中村が、ふいにぽんと手を叩く。

「周太さんがやったらどうですか?」

「やるて、何を?」

「アイドルです」

あっさり言われて、周太は目をむいた。

「ええっ、な、なんで俺が……!」

「周太さん、スラッとしてはるし、ちゃんと髪切ってセットしたらめっちゃカッコようなると思いますよ」

「いやいや、そんな、俺には無理や。な、いっくん、俺には無理やろ」

周太は縋《すが》るように逸郎を見た。今までは仕事だからと使っていた敬語がとれ、自然とタメ口になる。

そうやなあ、と逸郎は首を傾げた。

「無理て決めつけんとやってみたらどうや」

「ええっ、いや、けどっ……、俺、不細工やし……。歌も踊りも下手やし……、人前に出れるような人間とちゃうし……」

「おまえは別に不細工やないぞ。自信のなさが顔に出てしもてるから暗い印象になってるだけや。さっき中村君が言うたように、髪型変えて流行の服着たら、きっとカッコようなる。歌と踊りはプロやないんやから、完璧にやる必要はないしな」

「いや、けど、いっくん……」

頼みの綱《つな》の逸郎にやってみろと言われては、断りきれない。

黙り込んだ周太を励《はげ》ますように、逸郎が声をかけてきた。

「大丈夫や、周太。俺ができるだけフォローしたるから」

「もちろん、俺もフォローしますよ」

思いがけず中村が横から口を出してくる。ぎょっとして振り向くと、彼はニッコリ笑った。

「俺、周太さんと一緒にやりたいです。やりましょう。準備とか後片付けとか、俺もできることは何でもしますから」

やけに熱心に言われて、周太は再び逸郎を見た。がんばれ、と目顔で励まされる。

アイドルて、めちゃめちゃ恥ずかしいし、絶対向いてへんと思うけど、いっくんがフォローしてくれるんやったら何とかなるかもしれん……。

そもそもあと一人、集められなかった自分が悪いのだ。企画を存続させるためにはやるしかない。

「……わかりました。あの、やってみます……」

ぼそぼそと言うと、逸郎はよしよしと大きく頷いた。

「そしたら、センターは中村君やってくれるか?」

「あ、はい。周太さんと根津さんがそれでええんやったら、やらしてもらいます」

中村は嫌がる様子もなく堂々と引き受けた。

さすが、自信のある人は違う……。

せめて足を引っ張らんように、俺もがんばらんとあかん。


翌日の日曜日、周太は中村と共に動画の撮影に出かけた。撮影機材はハンディカメラとスマホなので身軽だ。ちなみに逸郎は午前中の仕事が終わり次第、合流することになっている。

撮影場所は、代々田造で農業を営《いとな》んでいる農家が管理している広い田んぼだ。元は別の家の持ち物だったらしいが、後継ぎがいなくて耕作を放棄するところだったのを買い取ったらしい。

市の農業振興《しんこう》課は「たづくり米」を宣伝すると同時に、観光企画課とタッグを組み、農家での米作り体験ツアーも始めた。しかしゴールデンウィーク中に行われた田植えに参加したのは、たった一組の家族だけだったという。企画そのものが知られていない可能性が高いので、その宣伝をアイドルにしてもらうのだ。

「なんや、石山君もアイドルになったんかいな！」

ワハハ、と豪快に笑ったのは恰幅《かっぷく》の良い五十代後半の男性、茂木《もぎ》だ。

ツアーを企画した同僚の紹介で、門脇と共に茂木に会いに行ったのは、今から四ヵ月ほど前だ。アイドルそのものを売り出すだけでなく、田造市の宣伝をする役割を担《にな》いたいと門脇が熱く説明すると快《こころよ》く受け入れてくれた。一度、体験ツアーに参加している他の農家の人たちも交えて飲みにも行った。中にはご当地アイドルに懐疑的《かいぎてき》な人もいたが、茂木が味方になってくれたおかげで、話に耳を傾けてもらえた。

もっとも、人見知りの周太は門脇の横でうんうんと頷いていただけだ。せめてもの応援になればと、妊娠中の門脇のかわりに、次々に注がれる酒をがんばって飲んだものの、早々に潰れてしまったため、最終的には何の役にも立たなかった。

「や、あの、人数が足りんくて……。補欠みたいなもんです」

おどおどと答えると、ええがなええがな！　と茂木はまた笑った。

「あのお兄ちゃんほどやないけど、石山君もそこそこ男前やで」

「そんな、俺なんか全然です。あの、せめて足を引っ張らんように、がんばります」

「おう、がんばれ。応援してるぞ！」

また豪快に笑った茂木に、よろしくお願いしますと頭を下げていると、石山君、と呼ばれた。

少し離れた場所に停めてある軽トラックの傍《そば》にいた茂木の妻が手招きしている。

「石山君も、長靴どうぞ」

「あ、はい。ありがとうございます」

周太は軽トラックに駆け寄った。

そこには既に長靴に履《は》き替えた中村がいた。ファッション性ゼロの黒い長靴だが、イケメンが身につけると様になるから不思議だ。

「長靴もレンタルできるて、手ぶらで来れるからいいですね」

中村が茂木の妻に屈託なく話しかける。

「そうなんやけど、そこまでしてもなかなか来てもらえへんのよ。お客さん呼ぶて難しいわ」

「きっと情報が届いてないからですよ。こういう企画があるて知ったら、参加したい人はたくさんいると思います。がんばって宣伝しますね」

「そう言うてもらえると心強いわ。頼むわな！」

以前からの知り合いのように話す中村に、周太は素直に感心した。

凄いな、中村君……。

周太ではなく中村の方が責任者のようだ。

歌もめっちゃうまいし。

二度ほど聞いただけで、中村は「たづくりで会いましょう」を覚えた。

たづくりで会いましょう。皆は何もないところだって言うけど、たづくりにはあなたがいる。

僕の大好きなあなたが。だからたづくりで会いましょう。

柔らかな声で紡がれる歌は耳に心地好く、印象的だった。

一方の周太は音痴《おんち》ではないものの、音はほはずすわリズムに乗れないわで散々だった。

スニーカーから長靴に履き替えていると、石山君、と茂木の妻にいそいそ声をかけられた。

「最近どう？　カノジョできた？」

「えっ？　や、いや、全然です」

「そうなん？　石山君、仕事熱心やし真面目やから、ええと思うんやけどなあ。どういうコが好み？」

「や、好みとか、そんなんは……」

周太は口ごもった。こういう話をふられることは珍しくない。

田造生まれの若者は一度市外へ出て行くと、ほぼ戻ってこない。従って独身の若者は珍しく、皆世話を焼きたがるのだ。ちなみに姉も商店街の万屋《よろずや》のおかみさんの紹介で三回お見合いをしたが、三回とも自《みずか》ら断っていた。

「うちの姪っ子、二十六歳なんやけど、どうやろ。けっこうかわいいと思うんやけど」

「いや、あの、すんません……。俺、女の子と話すん苦手なんで……。す、すんません……」

しどろもどろで謝ると、そお？　と茂木の妻は残念そうにしながらも引き下がった。思わずほっと息をつく。

周太は今まで一度も誰かと付き合ったことがない。かわいいなと思う女の子はいたが、告白する勇気はなかった。そもそも、同年代の女の子とどう接していいかよくわからない。ただでさえ人見知りで口下手なことに加え、暗い、ダサい、鈍《どん》くさい、と容赦なく姉にダメ出しをされてきたせいか、心の内では嫌悪《けんお》を抱かれているかもしれないと考えて言葉が出なくなってしまう。

彼女と周太のやりとりを、中村がじっと聞いているのがわかった。こんなんではお見合いなんか到底無理やな、とあきれられたかもしれない。

どんどんマイナス方向に転がっていく思考を、周太は意識して止めた。

あれこれ気にしている場合やない。とにかく、撮影を済まさんと。

「そ、そしたら、撮影開始します！　よろしくお願いします」

手をあげて言うと、はい、と茂木夫婦は緊張気味に頷いた。

友達と一緒に田造を訪れた体《てい》で動画を作るので、周太が持っているのは小さなハンディカメラひとつだ。田んぼまでの道を中村と二人で歩く。田んぼの脇で待っている茂木夫婦に、「たづくり米」の良さと体験ツアーについて話を聞く。そうした段取りは既に説明してある。

周太は中村と共に、田んぼの真ん中に通った道を移動した。歩く度にガッポガッポと長靴が音をたてる。なんだか小学生の頃に戻ったようだ。

「周太さん、カノジョいてはらへんのですね」

唐突に言われて、へ？　と間の抜けた声をあげてしまう。

バカにされるのかと身構えたものの、中村はニコニコ笑って続けた。

「俺もいてません」

「へ……？　ああ、そうなんや……」

「はい、そうなんです。いないんです」

何やろう、この会話……。

中村の意図はわからなかったが、彼に恋人がいないのは意外だった。もっとも、今いないだけですぐ次のカノジョが見つかるのだろうが。

カノジョいない歴イコール年齢の俺とは違う。

自嘲しつつ、周太は足を止めた。

「えーと、この辺から、向こうへ歩いて行きます。米作り体験ができることを最初に言うてくれたら、後は景色の感想とか、思たことを、そのまま言うてくれたらええから。あ、けど、米作り体験をしてみたいて思てもらえるように、なるべく楽しそうにしてもらえると、ありがたいです」

たどたどしい説明だったが、わかりました、と中村は頷いた。

「楽しそうにせんでも、実際楽しいですから、大丈夫ですよ」

「そ、そうか？」

はい、と中村は迷いなく応じる。彫りの深い端整な面立ちは、その言葉の通り楽しそうに輝いていた。

広い田んぼの真ん中で、作業用の長靴を履いて歩く。そんなことが本当に楽しいだろうか。

大いに疑問に思いながらも、周太は中村の隣でカメラをまわし始めた。少し前から撮ると、彼は笑顔を向けてくる。

「これから米作りの体験ができる田んぼにお邪魔します。見てください、この一面の田んぼ！広いですねえ。気持ちいい」

中村は緊張する様子もなく、ごく自然な仕種で田んぼを見まわした。周太もぐるりと田んぼを映す。

今日は朝からよく晴れている。明るい光が降り注ぐ田んぼはキラキラと光っていた。植えられたばかりの稲はまだ幼いが、すっくと立っている。遠くに見える山々も若々しい緑に輝いていた。乾いた風が心地好い。

「田植えは終わってしまいましたが、途中からでも参加できます。六月にはたづくり米を竈《かまど》で炊いて、おにぎりにして食べるイベントもありますので、ぜひ参加してください。田造でとれた野菜を使ったお惣菜も食べられますよ。周太さんは、竈で炊いたご飯、食べたことありますか？」

ふいに話をふられて、ああ、うん、と慌てて返事をする。

「小学生のとき、た、体験学習で食べました」

「そうなんや。ええなあ。美味しかったですか？」

「うん、はい。やっぱり、炊飯器で炊くんとは違《ちご》て、しっとりしてるのにふわふわで、あの、美味しかった、です」

緊張しながら答えると、中村は急に立ち止まった。どうしたのかとカメラを向ける。

「中村君？」

「すんません。ちょっと待ってください」

「え、何？　どうかした？」

「ちょっとだけ、すんません」

中村の視線は道路に向けられていた。鋭いラインを描く頬が心なしか引きつっている。道に何かあるんやろか。

改めてカメラを道に向けると、三センチほどの小さな緑色の塊《かたまり》が映った。カエルだ。ここ数日で随分と暖かくなったから表に出てきたのだろう。

「カエルがいます」

咄嗟《とっさ》に何と言っていいかわからなくて、見たままをつぶやいてから再び中村にレンズを向ける。中村はなぜか固まっていた。

「中村君？　あの、気分悪い？」

「や、ちょっと……」

中村は首を横に振ったもののやはり動かない。離れた場所で周太と中村を待っている夫婦が、何かあったのかとこちらを窺っているのがわかる。

どうしたんやろ。

心配でカメラを下ろしたそのとき、うわ、とふいに中村が声をあげた。何事かと思って辺りを見まわすと、先ほどのカエルがぴょんぴょんと跳ねていた。わ、わ、と声をあげて逃げた中村は、とうとう周太の背中にくっつく。

やがてカエルは気が済んだ、とでも言うように田んぼに飛び込んだ。スイスイと泳いでいく小さな緑を見送っていると、ふー、と背後からため息を落とす音が聞こえてくる。

「……中村君、もしかして、カエル、苦手なんか？」

「えっ、あ、すんません」

周太の背中から慌てて離れた中村は、ペコリと頭を下げた。

赤面している。よく見ると耳まで赤い。

イケメンで歌も上手くて頭も良い。自分の意見をはっきりと言い、爽やかで明るくて物怖じもしない。そんな完璧ともいえる男の弱点が、カエルとは。

微笑ましいていうか、ほっとしたていうか……。

「まあ、うん。誰にでも、苦手はあるしな」

「すんません……」

「謝ることない。俺なんか、苦手だらけや」

本当のことを言っただけだったが、慰められたと思ったらしく、中村は苦笑した。

「けど、カエルが苦手てカッコ悪いでしょう」

「そんなことない。俺は、ちょっと安心した」

「なんでですか？」

「中村君にも、苦手があって」

温かな気持ちのまま頬を緩めると、中村は瞬きをした。こげ茶色の瞳がじっと見つめてくる。

あ、もしかしてバカにしたみたいに聞こえたやろか。

「あ、あの、厭味とかと違《ちご》て……、お、俺みたいな人間からしたら、中村君みたいな人にも、苦手があるて思うと、親しみが湧く、ていうか……」

慌てて言いつのったそのとき、石山くーん！　と茂木夫婦に呼ばれた。

「大丈夫かー？」

周太は慌てて二人に手を振り返した。

「あ、だ、大丈夫です！　あの、すんません、もう一回最初からやりますんで、もうちょっと待っててください！」

そこまで言って、周太は中村に向き直った。中村はばつが悪そうにすんませんと謝る。

「全然、大丈夫や。そしたら、もう一回最初からやろか」

はい、と頷いた中村と共に、今来た道を引き返す。

ふんわりと温かくなった心は、撮影が終わってもずっとそのままだった。

中村《なかむら》と共に商店街の片隅にある居酒屋へくり出したのは、それから五日後の金曜の夜だ。その居酒屋も「たづくりにぎり企画」に参加しており、新しいおにぎりができたのでぜひ来てくれと連絡があった。

田んぼでの撮影の後、「たづくりにぎり企画」に参加している店をまわったが、まだ全部は取材できていない。明日以降も訪ねるつもりだ。

大学の講義を終えてすぐに来てくれた中村と並んで、周太《しゅうた》は商店街を歩いた。現地集合なので、逸郎《いつろう》はここにはいない。

「金曜日の夕方やのに、人が少ないですね」

周りを見まわして言った中村に、うんと周太は頷いた。歩いている人はちらほらとしかいない。もともと四分の一ほどの店にシャッターが下りているから、余計に閑散《かんさん》として見える。

「若い人はだいたい、大実《おおみ》に飲みに行くから」

「そうなんですか。この商店街にも美味《おい》しいお店がいっぱいあるのに、もったいない」

中村は残念そうに眉を寄せた。

取材先で、中村は出されたおにぎりを残さずたいらげた。その健啖《けんたん》ぶりは店の人に好印象を与えたらしく、また来てな！　と声をかけられていた。どちらかといえば少食の周太からすれば羨《うらや》ましい話だ。

「魅力がないていうより、宣伝が足りんのもあるやろうから、アイドル企画で、商店街の宣伝もしたいと思てる。あ、けど、まだ具体的には何もしてへんねん。たづくりにぎりのＰＲは、門脇《かどわき》さんの企画書にあったけど、商店街のＰＲは入ってへんかったから、これからや」

「周太さんが自分で考えはったんですね」

「自分でていうか……。うちも、商店街にあるし……」

口ごもったのは、目を細めて見つめられたせいだ。先日のカエルの一件以来、少しは打ち解けて話せるようになった。その変化を見透かされている気がする。

なんだか気恥ずかしくて、周太は焦《あせ》って話を変えた。

「あの、バタバタしてて、歓迎会ていうか発起会《ほっきかい》ていうか、そういうの、できてへんかったやろ。今日はたづくりにぎりの取材が終わったら、そのまま飲み会するけど、遅うなっても大丈夫か？」

大丈夫です、とすぐに応じた中村は、シャツにデニムのパンツというシンプルな服装だ。しかしバランスのとれた長身のおかげで洗練されて見える。

こんなカッコエエのに、俺の背中に隠れたりするんや。

そう思うと、胸の奥がくすぐったくなる。

「中村君、お酒は好き？」

「好きですね。周太さんは？　お酒好きですか？」

見下ろしてくる中村は嬉しそうだ。本当にお酒が好きらしい。

「好きやけど、あんまり強ない」

「酔うたらどうなるんですか？」

「寝てしまう」

「それはまずいですね」

「そうやねん。大学んとき、友達に何回も迷惑かけてしもた」

決して多くはなかったが、それでも仲良くなった友達との思い出に苦笑していると、中村は真面目な顔になった。

「どっかで周太さんが寝てしもてるかもしれんて思《おも》たら心配ですから、あんまり飲まんといてください」

ああ、うん、と頷いたものの、周太は内心で首を傾《かし》げた。

心配してくれるんは嬉しいけど、なんか変な感じや。

何が変かよくわからなくて、しかし嫌な気はしなくて眉を寄せていると、周ちゃん！　と呼び止められた。文房具から調理器具、洗剤から自転車の空気入れまで、ありとあらゆる物を取り扱っている、万屋《よろずや》のおかみさんが店から顔を出している。六十すぎの彼女とは幼い頃からの顔馴染みだ。

「おばちゃん、こんばんは」

「こんばんは。今帰り？」

うんと頷くと、隣にいた中村もこんばんはと頭を下げる。こんばんはと頭を下げた小柄なおかみさんは、山を眺めるようにして長身の中村を見上げた。

「いやー、背ぇ高いな！　しかもオトコマエや！　周ちゃんのお友達？」

「お友達とは、ちょっと違うかな。田造《たづくり》のご当地アイドルグループの、アイドルさんや」

ああ！　とおかみさんは納得顔になった。

「そういや根津《ねづ》さんとこのみっちゃんがそんなようなこと言うてたな。今いくつ？」

「二十歳です」

「若いのに町おこしに参加するて偉い！　がんばってな！」

ニコニコと笑ったおかみさんは、周太に視線を移した。濃いマスカラに彩《いろど》られた瞳がキラリと光る。

「ところで周ちゃん、あんたお見合いする気ない？」

「いや、おばちゃん、その話は、前も断った思うけど……」

「女の子が苦手て言うんやろ。そやけど会《お》うてみたら、案外気が合うかもしれんやんか」

「いや、その、俺、うまいことしゃべれへんから……」

「大丈夫やて。汐莉《しおり》ちゃんみたいに、嫌やったら断ったらええんやから」

一歩も退《ひ》かないおかみさんに閉口《へいこう》していると、すみません、と中村が割って入った。

「これから待ち合わせなんで、そろそろ時間が……」

「え？　ああ、そうなん？　いやあ引き止めてごめんやで。そしたらまた今度な」

中村が爽《さわ》やかなイケメンだったからか、おかみさんは気を悪くした風もなく、案外あっさり去っていった。我知らず安堵のため息が漏れる。

「周太さん、ようお見合いを勧められますね」

自分が見合いを勧められたわけでもないのに、中村は困惑の表情を浮かべる。

周太は思わず笑ってしまった。

「社交辞令みたいなもんや」

「社交辞令やとしても、ちょっと……。周太さんが真面目でええ人やから、世話を焼きたなるのもわからんでもないですけど」

「いやいや、俺が特別世話焼かれてるわけやないから。いっぺん田造を出てった奴が戻ってくる確率は低いんや。せっかく戻ってきたんやから、地元に根付かせたいて思てはるだけとちゃうかな」

はあ、と中村はやはり複雑な顔で頷く。

何やろ。自分もお見合いを勧められるとか思たんやろか。

どんなに世話焼きなおかみさんでも、二十歳の大学生にお見合い話を持っていったりはしないはずだ。

安心させようと口を開きかけたそのとき、石山《いしやま》やないか、と声をかけられた。

向かい側から歩いてきたのは、がっちりとした体格の男だ。中学三年のときに同じクラスだった野島《のじま》である。柔道部に所属していた彼は、古い言い方をするとガキ大将そのものだった。いじめとまではいかないが、たまにからかわれたりした。別の高校に進学したので、中学を卒業して以降、会うのは初めてだ。

曖昧《あいまい》な笑みを浮かべると、野島は馴れ馴れしく歩み寄ってきた。

「久しぶりやな」

無視するわけにもいかず、周太はぎこちなく頷いた。

「い、今からちょっと、用事があるねん。そしたら」

中村の袖《そで》を引っ張って離れようとしたが、待てや、と通せんぼをするように行く手を遮《さえぎ》られた。

「そっちの奴、アイドル企画の奴やろ」

野島がバカにした口調で尋ねてくる。アイドル企画のことは、募集をかけた時点で市の広報に載せてもらった。先週からツイッターも始めたので、中村と逸郎、そして周太もメンバーだと誰でも知ることができる。

俺のせいで、中村君を変なことに巻き込むわけにはいかん。

周太は咄嗟《とっさ》に中村の前に出て、そ、そうや、と応じた。声がわずかに上擦《うわず》ってしまう。

野島はやはりバカにした笑みを浮かべた。

「こんな田舎でアイドルとか、アホくさ。恥ずかしいないんか？」

「それは、田造を、ＰＲするためやから……。は、恥ずかしいない」

周太が怯《ひる》みつつも引かなかったのが気に障《さわ》ったのか、野島は顔をしかめた。

「ＰＲて、たかが市の職員が偉そうに。そんなんしたって意味ないわ。税金の無駄遣いや」

「意味があるか、ないかは、や、やってみんとわからんと思う」

野島に言われたようなことは、既にあちこちで耳にした。アイドルグループなんか作ってどうするんや、意味ない。くだらん、と門脇に面と向かって罵《ののし》った人もいる。しかし門脇は少しも怯まなかった。何もやらんより、何かやった方がずっとええ。彼女ははっきりとそう言い返した。

俺も、ここまで自分なりにがんばってきた。折れるわけにはいかん。

周太は拳《こぶし》を握りしめ、まっすぐに野島を見つめた。

「俺は、アイドル活動が、意味のある物になるように……、これから、がんばるつもりや」

声は震えてしまったが、なんとか言えた。

すると、野島は鼻で笑う。

「どうせ失敗するわ。おまえが責任者やなんて、余計に成功する気がせん」

「ああ、うん、そやな……、失敗するかもしれん。けど、失敗することばっかり考えてたら、何もできんから」

周太が引かなかったせいだろう、野島は忌々《いまいま》しげに舌打ちした。そして周太の背後に立っている中村に視線を移す。片田舎のアイドルにしかなれんブサメンが、と悪口を言いたかったのかもしれないが、中村は誰がどう見てもイケメンだ。何も言えずに黙り込んでしまう。

それまで黙ってやりとりを見ていた中村は、ふいにニッコリ笑った。そして何を思ったのか、周太の隣に並ぶ。

「結果はどうであれ、田造市を盛り上げられるようにがんばります」

「こんな田舎、盛り上がるわけないやろ」

「田造が嫌いですか？」

唐突とも言える問いかけに、野島は口ごもった。

「別に、好きとか嫌いとか、そんなん考えたことない」

「俺は好きですよ」

中村は間を置かずに言った。

「田造のええとこを、周太さんに教えてもらいました。これから、もっとたくさん教えてもらうつもりです」

朗《ほが》らかな物言いなのに迫力がある。

そやから邪魔すんな、応援せんでええから黙って見てろ。

そんな本音が透けているせいだろうか。

カッコエエな、中村君……。

恐らく彼は周太をかばおうとしてくれている。黙ってろと口にしなかったのは、喧嘩になるのを避けるためだ。アイドル企画にケチがついてはいけないと考えたのだろう。

熱さと冷静さの両方が感じられて、じんと胸が熱くなる。

何か言い返そうとした野島が口を開くより先に、中村は再びニッコリ笑った。

「アイドル企画のことも、周太さんが責任者やていうことも知ってるていうことは、ちょっとは関心を持ってくれてはるんですよね。ほんまに無関心やったらわざわざ声かけへんやろうし。関心持ってくれはって、ありがとうございます」

中村はペコリと頭を下げた。

野島は完全に言葉につまる。

凄《すご》いな、中村君……。

先ほどとは別の意味で感心した。相手を立てて、冷静に、しかし言いたいことは言っている。思いを伝えるだけで精一杯の自分とは大違いだ。

商店街を行きかう人が注目しているのがわかったらしく、野島はまた舌打ちした。勝手にせえ、と吐き捨てて歩き出す。

野島を見送った周太は、大きく息を吐いた。緊張のせいで額に汗が滲《にじ》んでいる。

一方の中村は、ムッとした口調で言った。

「何なんですか、あの人」

「中学の同級生や。ごめんな、嫌な思いさして」

周太は恐縮して謝った。責任者は自分なのに、企画に参加しただけの中村を矢面《やおもて》に立たせてしまった。

しかし中村は大きく首を横に振る。

「周太さんは何も悪うないですから、謝らはることないです。なんであんな因縁つけるみたいな言い方するんやろ」

「中学のとき、ああやってからかわれてたから、またからかえると思たんと違うかな。前は俺、言い返したりせんかったから……。あ、時間食うてしもたな、行こ」

慌てて中村を促《うなが》し、並んで歩き出す。

すると中村がしみじみと言った。

「周太さんは、かっこいいですね」

ええっ！　と周太は驚きのあまり大きな声を出してしまった。かっこいいなどと言われたのは、生まれて初めてだ。

「そんな、どこがやねん。さっき、ほんまはめっちゃ怖かったんや。声もへろへろやったし、体も震えてたやろ」

「けど、俺をかぼてくれはったでしょう。嫌な思い出がある奴やのに引かんかった。なかなかできることやない。めちゃめちゃかっこいいです」

まっすぐな褒《ほ》め言葉に、周太は赤面した。中村が本心から言っているとわかるから、嬉しい反面、照れくさい。

「いや、そんな、俺なんか……。ほんまに、びびりまくりやったから。それ言うんやったら、中村君の方が、ずっとかっこよかったで」

「え、ほんまですか？」

「ほんまや。俺をかばおうとしてくれてたやろ。バカにされたのに、感情的にならんと冷静に言い返してて、かっこよかった。ありがとう。あ、それから、田造のこと好きて言うてくれて、ありがとう」

中村を見上げて言うと、彼は嬉しそうに笑った。そして優しく目を細めて見つめてくる。

「全部、ほんまのことですから」

真摯《しんし》な口調に、なぜか心臓が跳ねた。ドキドキと胸が高鳴る。

何やこれ。褒められたせいか？

胸の辺りのシャツを押さえていると、おーい、とまた声がかかった。前方にある居酒屋から逸郎が顔を出している。

「遅いぞ、何やってたんや」

ごめんと謝って、改めて中村を見上げる。

また優しい眼差しを向けられ、ただでさえ高鳴っていた鼓動が更に速度を上げた。中村に心臓の音が聞こえそうな気がして、慌ててうつむく。

「あ、あの、行こか」

はい、とさも嬉しそうに返事をした中村と共に、周太は居酒屋へと駆け出した。


「ええがなええがな！　ようできてるがな！」

パソコンの画面を見ながら串田《くしだ》が大きく頷く。どれどれ、と室内にいた三人の職員のうち、四十代前半の二人の女性も集まってきた。

もう一人の四十代後半の男性職員、辻原《つじはら》はデスクに腰かけたままだ。真面目に町おこしをやってる人に失礼やとアイドル企画に反対していた彼とは、門脇から企画を引き継いだ後も、少しぎくしゃくしている。

「ほんま男前やな、このコ。大実のコなんやろ？」

「そうらしいわ。うちの娘が好きな俳優のナントカ君にちょっと似てる。ほれ、車のCMに出てる」

「あー、確かに似てるな！　根津君も相変わらず男前やわー。石山君もカッコエエやんか。自分で企画しといてなんやけど、米作り体験行きたなってきた」

賑《にぎ》やかに言葉をかわわず同僚たちに、周太は内心でほっとした。見にくいとかわかりづらいと言われなくてよかった。

金耀の夜に居酒屋で「たづくりにぎり」の撮影をした後、中村と逸郎の三人で飲んだ。中村は酒に強くて、ザルの逸郎と張り合えるほどだった。

ほろ酔いになったところで、そろそろやめとけと逸郎に止められた。うつらうつらして危うくひっくり返りそうになったのを逸郎に支えてもらった。ほれ、もう眠《ねむ》なってるやないか、と苦笑されて、ごめんと夢現《ゆめうつつ》で謝っていると、寝ていいですよ、と中村が横から言った。俺が送っていきますから、安心してください。優しい声でそう言ってもらえて、なんとも言えず幸せな気分になった。

「あ、このおにぎり美味しそう！　これ私まだ食べたことないわ」

「私もないわ。今度食べに行ってみよう」

「それにしてもうまいこと撮ってるなあ。さすが若い人は違うな」

パソコンの画面には、「たづくりにぎり企画」の動画が映っている。

土曜と日曜にも、「たづくりにぎり」を撮影するため、逸郎と中村の三人で出かけた。店主の話が伝わりやすいように質問の仕方を考えたり、カメラワークを工夫したり、自分自身もカメラの前で話したりと、緊張の連続だったが、逸郎だけでなく中村もフォローしてくれたので思ったほどは疲れなかった。

中村君て、めっちゃ優しいよな。

野島の一件があってから、特に優しくしてくれている気がする。周太が中村をかばったことで、信頼関係ができたのかもしれない。

この一週間、撮った映像の編集作業に追われた。公園緑地課にいる動画編集が趣味の男、大西《おおにし》にアドバイスをもらいつつ、どうにか完成させた。ちなみに大西は逸郎の高校時代の同級生である。

中村と逸郎にも見てもらって意見を聞き、修正を加えるつもりだが、ひとまず「たづくり米《まい》」関係のアピール動画はこれでいいだろう。

「肝心《かんじん》の歌はどうなったんや。もう練習してるんか?」

串田の問いに、はいと応じる。

「ただ、振り付けはまだなんで、明日の午前中に習う予定になってます」

「そら楽しみや。何か手伝うことないか?」

「あ、はい。あの、今んとこ大丈夫です。イベントとかで、手伝いをお願いしたいことがあったら声かけさしてもらいますんで、よろしくお願いします」

ええよー、がんばれ、と気安い答えが返ってくる。周太は思い切って、もう一人の男性職員にも声をかけた。

「あの、辻原さんも、よろしくお願いします」

頭を下げると、辻原は驚いたように目を丸くした。まさか周太が、アイドル企画に関して声をかけてくるとは思わなかったのだろう。

「ああ、うん。まあ、時間があったらな」

素っ気ないながらも答えてもらえて、周太はほっと息をついた。串田と女性二人が顔を見合わせる。よかったな、という風に串田に肩を叩かれた。

このタイミングで辻原さんに声をかけられたんは、中村君のおかげや。

かっこいいと言ってもらえて、少しは自信がついた気がする。

これから先のことをあれこれ考えつつ、チラシやポスターの手配をしたり、撮影許可を申請したり、農業振興《しんこう》課や広報課と打ち合わせをしたりしているうちに——両課の職員に動画を見てもらったが、好評だった——勤務時間が終了した。やることがたくさんあるせいか、時間が経《た》つのが早い。ちなみに代休の間も、気が付くとアイドル企画について考えてしまっていた。

観光企画課の部屋を出た周太は、「たづくりで会いましょう」の練習をするためにカラオケボックスへ行くことにした。明日、振り付けを教えてもらうことになっているが、小学校のダンスの授業は超がつくほど苦手だった。うまく踊れる自信は全くない。せめて歌だけでも、ましに歌えるようにしておきたい。

中村君といっくんの足を引っ張らんようにがんばらんと。

一人頷いて庁舎を出ると、外はまだ明るかった。つい先ほどまで降っていた雨は既にやんでおり、雲間から西日が覗いている。随分と日が暮れるのが遅くなってきた。夏が近付いている証拠だ。

「周太さん」

背中に声をかけられて振り返ると、自転車を引いた中村が駆け寄ってきた。

ドキ、となぜか心臓が鳴る。

中村君に会えて嬉しいからて、この反応はおかしいないか？

――ていうか、そんなに会えて嬉しいんか、俺は。

「な、中村君、こんなとこでどうしたんや。何かあったか？」

「時間があったんで、この前動画の撮影をさしてもろたお店に行ってきたんです。もしかしたら周太さんに会えるかと思て来てみたら、ほんまに会えた」

「そ、そうなんか……」

ニッコリ笑った中村に、なんだかそわそわする。中村は笑顔のまま続けた。

「よかったら、夕飯一緒に食べに行きませんか？　バイト代が入ったんで奢《おご》ります」

「え？　いや、それはあかんやろ。そんな、学生さんに奢ってもらうわけにはいかん」

ぶんぶんと首を横に振ると、中村は嬉しそうに目許《めもと》を緩《ゆる》めた。

「そしたらワリカンで。この前、たづくりにぎりを食べに行った洋食屋さんに行ってみたいんですけど、いいですか？」

「あ、うん。あの、自転車取ってくるから、ちょっと待っててくれるか？」

はい、と頷いた中村に背を向けて駐輪場へ向かう。

俺に会えるかもしれんと思て来たて、ほんまやろか……。

わからないが、一緒に食事に行けることになったのは嬉しい。

急いで自転車を引いて戻ると、当たり前だが、中村はじっと立って周太を待っていた。ごめん、お待たせ、と声をかけた周太に、優しく目を細めて頷く。

中村君のこの顔、好きや。

そんな埒《らち》もないことを考えて胸が熱くなるのを感じつつ、周太は中村と並んで歩き出した。

「周太さんは、洋食で何が好きですか？」

「俺は、ハンバーグかな」

「ハンバーグ、いいですね。俺も好きです」

「あの店、ヨシダのハンバーグ、めっちゃ美味しいで。いっくんも、ヨシダに行くと、だいたいハンバーグ頼むんや」

「……根津さんと、ようあの店に行かはるんですか?」

「中学校のときくらいまでは、家族同士で行ってたな。田造に戻ってきてからは、いっくんがときどき連れてってくれる。仕事のこととか、相談に乗ってもらったりした後、二人でようハンバーグ食べるねん」

おまえは自分で思うほど、あかん奴やないぞ。ええとこもたくさんある。逸郎に幾度となくそう励《はげ》ましてもらったからこそ、なんとか友達を作り、大きなトラブルを抱えることなく、今まですごしてこられたのだと思う。

中村はふうんと頷いた。なぜか不満げだ。

俺、何かまずいこと言うたやろか……。

恐る恐る中村を見遣ると、彼は不満顔のまま尋ねてきた。

「周太さんと根津さんて、幼馴染みなんですよね」

「え? あ、うん。年は離れてるけど家が近所やから、よう遊んでもろてた。今もいろいろ話聞いてもろて、助けてもろてる。アイドル企画に参加してもろたんも、そうやし……」

「そやから普段はいっくんて呼んではる」

「ちっちゃい頃からずっと、そう呼んでるから……」

中村はため息を落とした。

「根津さんが羨ましいです」

「え、なんで？　アダナで呼んでるからか？」

「それもありますけど、ちっちゃい頃の周太さんを知ってはるから」

俺のちっちゃい頃のことなんか知ってどうするんや……。

その疑問が顔に出たらしく、中村は苦笑いした。

「すんません、俺の勝手なわがままです」

中村はふいに歩調を緩めた。なぜか周太の後ろにつく。

「え、なんや、どうした？」

「立ち止まらんといてください。そのまま進んで」

切羽《せっぱ》つまった物言いに、あ、うん、と頷いて歩く。

しばらく進むと、中村はまた横に並んだ。

「何か落ちてたか？」

「いえ、何も。あ、振り向かんといてください」

「え、何？　なんで？」

恐怖を感じて尋ねると、しー、と中村は真剣な顔で唇に人差し指をあてた。

「例のアレがいたんです」

「例のアレて？」

「緑のアレです。雨が降ってたから出てきたんでしょう」

声を潜《ひそ》めた中村に、ああ、と周太は頷いた。中村が苦手な緑のアレといえば、カエルだ。

「ほんまか？　全然気ぃ付かんかった」

「苦手なもんて、すぐ気ぃ付くんですよ」

まるで大きな声を出したらカエルが跳びかかってくるかのように、中村は小声で答える。

なんだかおかしくて、周太は思わず笑ってしまった。

「笑わんといてください。マジで苦手なんですから」

珍しく口を尖らせた中村に、ごめんと焦って謝る。

すると中村は目を細めて笑った。

「周太さんは優しいですね」

「え、いや、そんな、全然」

何でもない会話が楽しい。明日、振り付けの練習で会えるのを楽しみにしていたが、まさか今日も会えるとは思わなかった。

そこまで考えて、周太はハタと我に返った。中村は先週も金、土、日曜と田造ですごした。面接のときに休日も来てもらうと伝えていたとはいえ、彼のプライベートを潰《つぶ》しすぎている気がする。たとえカノジョがいなくても、他の付き合いはあるだろう。

「あ、あの、中村君、先週も週末ずっとこっちに来てたのに、今日も来て大丈夫なんか？　友達付き合いとか、家族の用事とか、せんでもええんか？」

今更心配になって問うと、中村は瞬《まばた》きをした。が、大丈夫ですよ、とすぐに答える。

「ちゃんと平日にやってますから」

「そ、そうか？　それやったらええけど……。あの、もし、どうしても無理なときは言うてな。俺といっくんで、やれることはやるから」

ここは大人の対応をしなければと頷いてみせる。

すると中村はまた瞬きをした。

あ、もしかしていっくんて言うたんがまずかったか。

しかしただ逸郎をアダナで呼んだだけなのに、謝るのはおかしい気がする。

何をどう言えば正解なのかわからなくて、あの、その、と意味のない言葉を発していると、中村は小さく息を吐いた。

「すんません。何でもないです」

「ほんまか……？」

「はい」

中村がニッコリ笑って頷いてくれたので、思わずほっと息をつく。

再び並んで歩き出すと、中村が穏やかな口調で言った。

「俺、うちで歌の練習してるんですけど、一ヵ所難しいとこがあって」

言葉を切った中村は小さな声で歌う。

皆は何もないところだって言うけど、たづくりにはあなたがいる。僕の大好きなあなたが。だからたづくりで会いましょう。

低く、柔らかな声で紡《つむ》がれたメロディは、不思議と甘く聞こえた。

「この、皆は何もないところだって言うけど、ていうとこ、音程が複雑ですよね」

「ああ、うん。わかる。俺もそこ苦手や。ときどき音がはずれてしまう」

「ご飯食べた後、カラオケボックスで一緒に練習しませんか？　一人より二人で練習した方が、お互いの苦手なとこを補えるんとちゃうかな」

「あ、うん！　俺も、ご飯食べたらカラオケボックス行こう思てたんや」

「そうなんですか。ちょうどよかったです」

嬉しそうに言った中村は、目を細めて笑った。またしても胸が熱くなる。

さっきから何やろ、これ。

不思議な感覚だが、決して嫌ではなかった。

駅前のビルの一階にあるダンススタジオは、通りに面した壁がガラス張りになっており、中の様子がよく見える。ＳＮＳで既にある程度情報を流しているので、活動内容は秘密ではない。

つまり、誰かに見られても問題はない。

ダンスの講師は若森毅《わかもりたけし》、大実市出身の三十五歳。若い頃、ダンスの大会で優勝したこともあるらしい。ドレッドヘア、耳には複数のピアス、オーバーサイズの服という、外見はいかにも「ヒップホップダンサー」だが、腰の低い真面目な男だ。

「石山さん、今んとこちょっと早い。腕はドラムの音を聞いてから、こうです」

お手本を示してくれた若森に、はいと返事をして、注意されたところをやり直す。冷房がきいているにもかかわらず、全身汗だくだ。

「まだちょっと早いですね。もう一回やりましょう。ワン、ツー、スリー!」

どうにかこうにか手拍子に合わせて体を動かすと、そうそう! と若森は頷いてくれた。

「ええ感じです。音楽をよう聞いてくださいね!」

壁に鏡が貼られたスタジオにいるのは、周太、中村、逸郎、講師の若森である。ちなみに先ほどから注意され、何度もやり直しをしているのは周太だけだ。それほど複雑な振り付けではないせいか、中村と逸郎はすぐに踊れるようになった。

やっぱり、俺が足を引っ張ってしもてる。

なんとかうまく踊ろうとがんばるが、もともと得意ではないので空まわりしてしまう。

「周太、もっとリラックスせえ、リラックス」

歩み寄ってきた逸郎が、励ますように声をかけてくれた。

「あ、うん……。あの、いっくん、ごめんやけど、さっき若森さんに注意されたとこ、一緒にやってくれへん？」

必死の思いで頼むと、ええぞ、と逸郎はすぐに頷いてくれた。逸郎と共に、今し方注意されたところを踊る。正面の鏡に映る逸郎の動きを意識しながら踊ったものの、またしてもテンポが早くなってしまった。ああ、と思わず声が出る。

俺はなんでこうなんや……。

情けなくて萎《な》えそうになる気持ちを、周太はなんとか奮い立たせた。弱音を吐いている暇はない。

「いっくん、俺、どこがおかしかった？」

「どっこもおかしいことない。気持ちが焦《あせ》りすぎてるんや。落ち着いてやったらちゃんと踊れる」

「う、うん……。あの、いっくん、ごめん、もう一回、一緒に」

やって、と言いかけたとき、周太さん、と呼ばれた。中村がニッコリと笑いかけてくる。

「今度は俺と一緒にやりましょう」

「え、や、そんなん、悪いし、いっくんに」

「三人でひとつのグループでしょう。根津さんと合わせることも必要やけど、俺とも合わせてもらいたいんです。お願いします」

熱心な口調に押されて、周太は思わずうんと頷いた。ちらと逸郎と見遣ると、がんばれ、という風に微笑んでくれる。

中村君はお願いしますて言うたけど、たぶん、俺に気を遣わせんとこうと思て、そういう言い方をしてくれたんや。

じわりと胸が熱くなった。がんばろう、と改めて思う。

「そしたら、ちょっと前からいきましょうか」

中村に促され、周太は鏡に向き直った。若森の手拍子に合わせて二人で踊り出す。中村の伸びやかな動きを意識した。鏡越しにこちらを見つめる優しい瞳に、焦らないで、大丈夫ですよ、と励まされている気がする。

今度はどうにか、リズムに乗って踊ることができた。

「今のいいですね！　その感じです！」

大仰《おおぎょう》に褒めてくれた若森に、周太はほっとして頭を下げた。ありがとうと中村にも礼を言うと、いえ、と笑顔で応じてくれる。

「周太さん、全身に力が入りすぎなんですよ。もっと力抜かはったら、すぐに踊れると思います」

「う、うん……。けど、その、力抜くっちゅうのが難しい……」

「大丈夫。きっとできますよ」

中村は微笑んだ。このところ度々周太に向けられる、柔らかく目を細める笑い方だ。逸郎に大丈夫と言われると安心するが、中村に言われるとただ安心するだけではない。胸の奥がくすぐったくなる。

中村君、やっぱり優しい……。

昨日、二人でハンバーグを食べた後、カラオケボックスへ行ったときも、うまく歌えないところを根気強く一緒に歌ってくれた。歌の練習は大変だったが、単純に中村と一緒にいるのが楽しくて、時間が経つのがやけに早かった。

「そしたら一旦休憩しましょう！　水分補給してください」

若森の言葉にはいと返事をして、逸郎の隣に腰を下ろす。逸郎に手渡してもらったタオルで汗を拭《ふ》いていると、中村が逸郎とは逆隣に腰を下ろした。

「あの、中村君、歌も踊りも、うまいことできんでごめんな」

「全然大丈夫です。俺がおらんでも、周太さんはちゃんと歌えるし踊れてますよ」

中村が優しく応じてくれたそのとき、コンコンとガラスを叩く音がした。

振り返ると、ガラスの向こうの通りに若者四人が立っている。男二人と女二人だ。

中村に向かって笑顔で手を振った四人は、周太たちにも頭を下げた。中村は小さく手を振り返す。

「友達か？」

逸郎の問いに、はいと中村は頷いた。

「高校んときの同級生です。田造でアイドル企画に参加することになったて話したから、様子を見に来たんやと思います。ちょっとすんません」

立ち上がった中村はスタジオを出て行った。ほどなくしてガラスの向こう側に現れる。四人は笑顔で中村を迎えた。

「めっちゃしっかりしてるから石山さんと同い年くらいに錯覚してまうけど、こうやって見ると中村君も普通に大学生ですねえ」

「普通かどうかはわからんけど、まあ大学生ですね」

若森と逸郎が、水を飲みながら話す。

改めて見つめた先で、中村は友人たちと親しげに言葉をかわしていた。同級生と一緒にいるところは初めて見たが、確かに年相応に見える。

五分ほど話すと、中村は四人と離れてスタジオに戻ってきた。

「もうええんか？　まだ話しててもよかったのに」

靴を履《は》き替えている中村に、逸郎が声をかける。

すると中村はニッコリ笑った。

「話してきたんで大丈夫です」

「そうか？」

はいと応じた中村は周太の横に腰を下ろした。まだガラスの向こうにいた四人にもう一度手を振ると、彼らは連れ立って去っていく。

そのうちの一人の女の子に目が引き寄せられた。艶《つや》やかな長い髪が印象的な、華やかな美人だ。よく見ると、他の友人たちも皆、洗練されている。

中村君の友達って感じや……。

周太のような地味で鈍《どん》くさそうな人は一人もいない。特に美人の女の子は、中村に匹敵する存在感がある。二人が並んで歩いていたら、さぞ目立つだろう。

「周太さん？　どうしました？」

隣にいた中村に問われて、あ、いや、と慌てて首を横に振る。中村に視線を戻すと、何ですか？　という風に彼は首を傾げた。

「いや、あの、仲良さそうで、ええなと思て」

「心配せんでも、ちゃんと友達付き合いしてますよ。周太さんこそ、あっちこっちで声かけられるやないですか」

「それは、俺は地元やから……。それなりに知り合いもいてるし……」

中村はカノジョはいないと言っていたが、彼を好きな女の子がいてもおかしくない。

きっとああいうきれいなコが、中村君の周りにはいっぱいいるんや……。

告白されたら、中村は付き合うかもしれない。

胸の奥がもやもやとした。不快とまではいかないが、嫌な感じだ。

「はい、休憩終わり！　始めますよ！」

パンパン！　と若森が手を叩く音に、周太は我に返った。

「がんばりましょう」

立ち上がった中村が、こちらを見下ろして優しい笑みを浮かべる。

いつのまにか眉を寄せていたことに気付いて、周太は慌てて頷いた。

「あ、うん。がんばろう」

勢いよく立ち上がったものの、胸を占拠するもやもやは消えなかった。


それから一週間、周太は昼休みと終業後に、懸命に歌とダンスを練習した。もちろん代休にも、くり返しおさらいした。もう一度若森に見てもらって、ＯＫが出たらミュージックビデオを撮影する予定だ。若森に見てもらう前に三人で合わせようという話になり、土曜日の午後に集まることになった。

集合場所は緑地公園。六月に入ったばかりだが、朝から曇天《どんてん》で肌寒い。

しかし周太はまだ踊ってもいないのに、早くも全身に緊張の汗をかいていた。

目の前には、公園に遊びに来ていた三組の親子連れがいる。念のために持ってきていたアイドル企画のチラシを配ると、練習するなら見てみたいと言われた。

まさか、こんなにがっつり誰かが見てる前で、歌うことになるとは思わんかった……。

周太がガチガチになっているのを見てとった逸郎が、かわりに歌の紹介をしてくれているが、その声もよく聞こえない。

「周太さん、ちょっと」

歩み寄ってきた中村は、おもむろにポケットを探った。

「髪の毛触りますけど、いいですか?」

「か、かみのけ……? な、なんで……?」

情けないことに、ひどく掠れた声が出た。

一方の中村は、いつも通りの屈託《くったく》のない笑みを浮かべる。

「前髪が長いから、動くと鬱陶《うっとう》しいでしょう。ピンでとめたらええかと思て」

「え、や、べつに、そんなん、だいじょうぶや」

「うん、けど、人前で歌うんは初めてでしょう? 周りがよう見えるってことは、俺の動きもよう見えるってことです。万が一途中で動きがわからんようになったら、俺の動きを見て思い出してください」

ね、という風に覗き込まれ、周太は藁《わら》にもすがる思いでこくりと頷いた。

確かに、中村君の動きがよう見える方がええ。

「そしたら、触りますよ」

優しく言った中村は、周太の前髪を指先で横に流し、手に持っていた二つのピンでとめた。

たちまち視界がクリアになる。

「うん、ええ感じです」

大きく頷いた中村の顔がはっきりと見えて、我知らず頬が緩む。

中村はなぜかふいと視線をそらした。しかし同時に、ぽんぽんと励ますように肩を叩いてくれる。

「さあ、がんばりましょう。――すんません、根津さん。準備できました」

スマホ片手にこちらの様子を窺っていた逸郎は、何か言いたげな顔をしたものの、黙って頷いた。やがて曲が再生され、定位置につく。正面から見て右側が周太の場所だ。

周太はぎくしゃくとしながらも、なんとか踊り始めた。歌い出す前の前奏の部分はフォーメーションだ。中村の姿がはっきり見えるせいか、あるいは彼に励ましてもらったせいか――恐らく両方だ――、練習の成果はちゃんと出た。やや早くなったり遅くなったりしたものの、ここだけは決めてほしい、と若森に言われた箇所《かしょ》はきちんと合わせられた。安堵する間もなく歌に入る。

「がんばれー!」

三歳くらいの男の子の手をひいた女性から声援が贈られる。励まされているのは明らかに周太だが、応える余裕は全くない。

動きに集中するあまり歌が疎《おろそ》かになった。これではいけないと歌をがんばると、振り付けにミスが出る。必死で歌って踊っていると、ふと中村と視線が合った。大丈夫ですよ、という風に目で微笑まれてほっとする。

リズムを崩しそうになる度《たび》、中村が助けてくれるのがわかった。歌も周太を意識して歌ってくれている。

ありがたい。申し訳ない。

けどめちゃめちゃ嬉しい。安心する。

曲が終わると同時に拍手が湧いた。どうにかこうにか最後まで歌いきれたのは、中村のおかげだ。ありがとうございました、とやはり掠れた声で言って、見物人に頭を下げる。

こんなんで、もっと大勢の前でちゃんと歌えるやろか……。

「周太さん、どうぞ」

半ば呆然としていると、中村がタオルを渡してくれる。ありがとうと礼を言って受け取った周太は、ごしごしと顔の汗を拭《ぬぐ》った。それでようやく、ほんの少しだけだが冷静さが戻ってくる。

「あ、あのっ、中村君、助けてくれてありがとう。あ、これ、前髪のも、ありがとう」

ピンの礼を言っていなかったと気付いて、慌てて頭を下げる。

いいえ、と中村は優しく応じてくれた。

「そっちの方が踊りやすかったでしょう」

「あ、うん。中村君が、よう見えたから、よかった」

本当のことを言っただけだったが、中村は沈黙した。

あれ、俺、怒らせるようなこと言うたやろか。

不安で顔を上げようとしたそのとき、逸郎の大きな咳払いの音が聞こえてきた。

「周太、見てくれはった人に言わなあかんことあるやろ」

「え、あ、うん。ごめん」

曲紹介をやらせてしまったことを思い出し、焦って頷く。そしてぎこちない動きで見物人の方を向いた。

「え、と、あの、ツ、ツイッターと、インスタに新しい情報をあげるんで、もしよかったら、見てもらえると嬉しいです。よろしくお願いします」

ペコリと頭を下げると、若い母親が手をあげた。

「グループ名はまだ決まってないんですか？」

「あ、はい。まだです。えと、グループ名の候補は三つありまして、近いうちに、ツイッターにあげる予定です。皆さんの投票で決まりますんで、投票、よろしくお願いします」

再び頭を下げたそのとき、数人の若い男女が公園に入ってきた。ドキ、と心臓が跳ねる。先週、スタジオに来てた子らや。

長い髪の華やかな美人もいる。中村に手を振った四人は、こちらへ歩み寄ってきた。こんにちは、と周太と逸郎にも挨拶《あいさつ》をする。なかなか礼儀正しい。

「これ、皆から差し入れ」

髪の長い女の子が中村に保冷バッグを差し出した。受け取った中村は、ありがとうとにこやかに礼を言う。

何ということはないやりとりだが、なぜか胸がもやもやした。我知らずTシャツの胸の辺りをつかむと、周太、と呼ばれる。逸郎が傍《そば》に寄ってきた。

「あ、いっくん、最初の曲紹介してくれてありがとう」

「物産展の本番はちゃんとやれよ。まあでも、歌《うと》た後にちゃんとSNSのこと説明できたんはよかったな」

「それは、中村君がいてくれたから……」

逸郎に褒められて頭をかいたそのとき、中村の友人のうちの一人が、あの、と話しかけてきた。

「さっき言うてはったグループの名前の候補、今日あげるんですか？」

こげ茶色のボブカットが似合う女の子に問われ、う、と周太は言葉につまった。長い髪の女の子のような華やかさはないが、彼女も可愛らしい。

落ち着け、俺。質問に答えたらええだけや。

「はい、あの、今日、ツ、ツイッターに、あげます」

「そうなんや。私も投票しますね」

「どうも、ありがとう。よ、よろしくお願いします」

いいえ、と彼女が返事をしたそのとき、中村たちが賑やかな笑い声をあげた。反射的に彼らに視線を移す。中村も含めて、皆楽しげに笑っている。

「富永《とみなが》と中村、ええ雰囲気やなあ。なんで別れたんやろ」

女の子のつぶやきが耳に届いて、周太は勢いよく彼女を振り返った。

その仕種をどう思ったのか、女の子は悪戯《いたずら》っぽく笑う。

「中村君と話してるコ、富永さんていうんですけど、中村君のモトカノなんです。受験に集中したいから別れたて言うてましたから、別れてもう二年くらいかな。過去を気にしはらへんのやったら、チャレンジしはったらどうですか?」

小声で言った女の子に、え、あ、う、と周太は意味のない言葉を発した。どうやら長い髪の女性、富永に気があると思われているようだ。

たぶん、そういうのとは違う。

中村と言葉をかわしている富永に視線を移す。富永が気になるというより、富永と話している中村が気になる。

世間一般の人らは、別れたモトカノと、あんな風に仲良うしゃべるもんなんやろか……。

誰とも付き合ったことがないからよくわからないが、また胸の奥がもやもやとする。

そんな周太にかまわず、女の子は逸郎に熱っぽい視線を向けた。

「根津さんてカノジョいてはります?」

「うん、おるで。高校んときからの付き合いやから、もう十年以上になるなあ」

「なんや、そうか。残念!」

二人のやりとりをよそに、周太は中村と富永から目を離せなくなっていた。楽しそうに話す様子など見たくないのに、どうしても気になって見てしまう。

中村君が前に誰と付き合《お》うてても、俺には関係ない。

そう思ってもやはりもやもやは消えず、胸の奥に居座り続けた。


「周《しゅう》ちゃん、アイドル企画の動画見たで。よかったわあ」

『いしやま』の常連客である年配の女性に言われて、ありがとうと周太《しゅうた》は礼を言った。

日曜の昼下がり、『いしやま』は和菓子を買いに来た客で賑《にぎ》わっている。「たづくりにぎり」

の完成品を食べに来いと姉に命令され、実家に帰った周太も手伝いに駆り出された。

「トシコさん、動画見れるんや」

水羊羹《みずようかん》を入れた袋を渡しつつ言うと、白髪を後ろで束《たば》ねた女性は悪戯《いたずら》っぽく笑った。

「私はスマホもパソコンもできんから、孫に頼んで見せてもろたんよ。グループの名前も投票したで」

「え、そうなんや。ありがとう。何に投票してくれたん？」

「私はたづくりーずにした。田造《たづくり》のアイドルなんやから田造て入ってた方がわかりやすいやんか。孫は英語のやつにしてたわ」

「お孫さんにも、よろしい言うといてな。あと、来週の日曜に、商工会議所主催の物産展で初めて人前で歌うんや。そこでグループ名も発表する予定やから、もしよかったら見に来てくれると嬉しい」

トシコさんは周太が物心ついたときから店に来ている人なので、緊張せずに宣伝できる。

田造市物産展は、田造で作られた物を宣伝するために行われるイベントだ。三十年ほど前から開催されており、ちょっとした祭のような賑《にぎ》わいをみせる。今年はとにかく「たづくり米《まい》」と「たづくりにぎり」を推《お》すらしく、「たづくりにぎり」を提供している店がブースを出すという。ちなみに『いしやま』も参加予定だ。

その物産展の小さなステージで歌わせてもらえることになったのは、門脇《かどわき》のおかげである。

産休に入る前、アイドル企画に協力してもらえるように商工会議所にかけあってくれたのだ。

「行けたら孫と一緒に行くわな！」

ニコニコと笑いながら店を出るトシコさんを、周太はよろしくお願いしますと頭を下げて見送った。

姉によると、最近『いしやま』の常連客にアイドル企画について感想を言われるらしい。まだまだ内輪うけの状態だが、物産展には他の市の職員や企業の関係者などもやって来る。地元のタウン誌や新聞社にも取材に来てくれるように頼んだ。一般の来場者にもSNSに情報をあげてくれるよう頼めば、少しずつ見てくれる人が増えるだろう。そのためにもステージを成功させなくてはいけない。

先週の日曜の夜、若森《わかもり》のダンススタジオに集合して振り付けを見てもらった。見物人がいなかったこと、そして中村にまた前髪をとめてもらったおかげで、どうにかこうにか最後まで歌って踊れた。練習の成果が出てますね！　OKですよ！　と若森にやや大袈裟《おおげさ》に褒《ほ》めてもらえた。

それからまた一週間練習と打ち合わせを重ね、昨日、公園緑地課の大西《おおにし》に応援を頼んでミュージックビデオを撮影した。

めちゃめちゃ緊張した……。

自分だけが映るシーンをやり直すのはまだいいが、三人で映るシーンを何度もやり直すことになったのは、本当に申し訳なかった。もっとも、中村《なかむら》も逸郎《いつろう》も大西も怒らなかった。それどころか、恐縮する周太を、気にすんな、がんばれと励《はげ》ましてくれた。周太の鈍《どん》くささをよく知っている逸郎や、逸郎から話を聞いているだろう大西はともかく、中村もええ加減にせえとあきれなかったのには心底ほっとした。

ともあれ緑地公園で姿を見かけて以降、中村のモトカノは現れなかった。驚くほど安堵した自分に、またもやもやした。

あのコが来ても来《こ》んでも、俺には関係ない。

それやのに、なんでこんなにもやもやするんやろ。

カララ、と戸が開いて、周太は我に返った。いらっしゃいませ、と声をかける。

こんにちは、という挨拶と共に入ってきたのは中村だった。いらっしゃい！　と早速応じた姉に会釈《えしゃく》をした中村は、周太を見てニッコリ笑う。

昨日も会ったのに、今日も会えたことが嬉しくて胸が高鳴った。いらっしゃい、と改めて声をかけると、中村はまっすぐに歩み寄ってくる。

「あの、今日は、活動休みやけど……」

「いしやまさんの豆大福が食べとうなって来ました」

ニッコリ笑った中村に、別の客の接客を終えた姉がすかさず近付いてきた。

「こんにちは、中村君。たづくりにぎりの完成品食べてって」

「あ、はい。ぜひ」

「今持ってくるから、そこの椅子に座っとき」

当たり前のように命令すると、姉は素早く奥へ引っ込んだ。

「あの、ごめんな、せっかく来てくれたのに、いきなり……」

店の隅にある椅子に腰かけた中村に謝る。

「全然いいですよ。また食べさせてもらえるなんて嬉しいです」

中村はニコニコと本当に嬉しそうに笑う。ミュージックビデオの撮影時の周太の鈍くささに怒っている様子はなくて、改めて安堵した。

「周太さんのお姉さん、うちの姉ちゃんとよう似てます」

「あ、お姉さんいるんや」

「はい。兄と妹もいますよ。俺は四人兄弟の三番目です」

「そうなんや。凄《すご》いな、賑やかそう」

「皆わりと年が近いですからね。末っ子の妹は別として、ちっさい頃は兄と姉と俺で取っ組み合いの喧嘩ばっかりしてました」

へえ、と相づちを打つ。中村の知らなかった一面が知れて思わず笑顔になったそのとき、カララ、とまた戸が開いた。反射的に、いらっしゃい、と声をかける。

入ってきたのは艶《つや》やかな長い髪の若い女性——富永《とみなが》だ。

ドキ、と心臓が鳴る。

彼女はすぐ中村に気が付いた。

「あれ、偶然やな」

うんと中村はあっさり応じる。気安い友人のような雰囲気だ。

なんでうちに彼女が来るんや。

――あ、俺のせいか……。

姉に宣伝しろと言われたこともあり、ＳＮＳに実家が商店街で和菓子屋をやっていると載せたのだ。アイドルグループの情報を見ているうちに、その情報が目に入ったとしてもおかしくない。

落ち着かない気分になっていると、こんにちは、と富永は周太に話しかけてきた。整った面立ちに華やかな笑みを浮かべる。

「あ、こ、こんにちは……」

「豆大福が美味《おい》しいって聞いて来ました」

「え、あ、うん。ま、豆大福、おすすめです」

ぎこちなく答える。セールストークとして最低なのを見かねたのか、中村が横からフォローしてきた。

「いしやまさんは餅《もち》も旨《うま》いけど、餡子《あんこ》がめっちゃ旨い。どっちも田造でとれた物を使《つこ》てはるんやて」

「そうなんや。秋楓《かえで》、餡子にはうるさいもんな」

今も秋楓って呼んでるんか……。

モトカノというのは、別れた後もモトカレのことを名前呼びするのだろうか。わからない。友人たちもカノジョいない歴イコール年齢の者が多いのだ。

「美味しいお店見つけられて、田造のアイドルになってよかったやん」

「ああ、めちゃめちゃラッキーやった」

仲良さそうやな……。

中村も富永も普通に楽しそうに見える。気まずい雰囲気は全くない。二人が付き合っていると言われたら納得してしまいそうだ。

またしても胸がもやもやするのを感じつつ、再び富永を見て、中村を見る。

もやもやは更に大きくなった。

「周太さん？」

固まってしまった周太に気付いたらしく、中村が心配そうに呼んだそのとき、盆を手にした姉が奥から出てきた。

「お待たせ！　あ、いらっしゃい！」

富永にも声をかけた姉だったが、周太が接客すると思ったようで、中村の前におにぎりとお茶を置く。

「さ、食べてみて！」

「はい。そしたらいただきます」

中村は周太を気遣うように見つめつつもおにぎりに手を伸ばした。

そこでようやく周太の様子がおかしいことに気付いた姉が眉を寄せる。何やねん、と目顔で問われておろおろしてしまった。

姉はすぐに富永が原因だと悟《さと》ったらしい。いらっしゃいませー、と彼女に愛想《あいそ》よく話しかける。ガラスケースの中を見つめていた富永は、こんにちは！　と快活《かいかつ》に挨拶を返した。

「豆大福がおすすめやて聞いたんですけど、他のも美味しそうですね！」

「ありがとうございます。こっちの団子ときんつばも美味しいですよ。とはいうても私はまだ見習いで、作ってるんは私の父ですけど」

「女性の職人さんなんですね。カッコイイ！」

姉ちゃんと富永さん、気が合いそうや……。

明るくて社交的で、きれいな人。

俺とは正反対や……。

もやもやと疎外感《そがいかん》とを同時に感じていると、周太さん、と呼ばれた。端整な面立ちが優しく微笑む。

「おにぎり、美味しいですよ」

「そ、そか。よかった」

つられてぎこちなく頬を緩《ゆる》めたものの、沈んだ気分は一向に晴れなかった。


パソコンで編集作業をしながら、周太はため息を落とした。憂鬱《ゆううつ》なのは蒸し暑い気候のせいでもなければ、今日が月曜だからでもない。中村と富永のことが頭から離れないせいだ。

昨日、富永は豆大福と団子を五つずつ購入し、そしたらまたな、と中村に明るく声をかけて帰っていった。またな、と中村も気軽に応じた。

なんであんなにもやもやしたんやろ……。

まるで今も付き合っているかのような、親しげな雰囲気が気になる。

ヨリを戻しても不思議はない感じなんが、なんか嫌なんや。

なんで嫌なんやろ。中村君を取られるみたいやからか？

いや、でも、そもそも中村君は俺のもんやない。俺みたいなんがこんな変な独占欲持つなんて、中村君にとったら迷惑や。

「石山《いしやま》君、石山君！」

ハッとして顔を上げると、会議から戻ってきた串田《くしだ》がこちらに突進してきた。

「石山君、知ってたか？　中村君のこと！」

今し方、まさに考えていた人の名前が出てきて、周太は慌てた。

「え、え？　何ですか？　中村君が、どうかしましたか」

「どうもこうも、中村君、大実《おおみ》市長の息子らしいで！」

ええ！　と驚きの声をあげたのは、室内にいた同僚たちだ。

「マジですか！　なんでわかったんですか」

「さっき会議で一緒になった広報の田渕《たぶち》さんが教えてくれてん。大実市の広報誌で中村君に似た人を見たことあるような気がして調べてみたら、高校時代にテニスでインターハイに出たとかで、写真つきの記事が載ってたそうや。僕もその記事見せてもろたけど、大実市長の次男やて書いててびっくりした」

早口で説明した串田に、へえー！　と一同は感心する。

「中村てようある苗字やから、全然気ぃ付きませんでした」

「私も気ぃ付かんかった。それにしてもインターハイ出場て凄《すご》いですね」

「けど、大実の市長の息子が田造のアイドルて、アンバランスというか、田造にはもったいないというか、申し訳ないというか、なんというか……」

周太は呆然としていた。

兄弟のことは聞いたが、父親が大実市長だとは聞いていない。

や、別に、お父さんがどういう人かは、中村君には関係ないけど……。

きっと隠していたわけではないだろう。話す必要がないから話さなかっただけだ。

それでもなんだか悲しくなった。中村と知り合ってから、既に一ヵ月以上が経《た》っている。一緒にご飯を食べたり、カラオケにも行ったりした。親しくなったつもりでいたから、なんで話してくれんかったんやろ、と思ってしまう。

「大実市長の息子が、本気で田造のアイドルをやりますかね」

ぶっきらぼうに言ったのは、アイドル企画に反対していた辻原《つじはら》だ。

「それは自分から応募してきたんやから大丈夫とちゃうか？　今んとこ真面目にやってくれてるんやろ？」

串田の問いに、はいと小さな声で返事をする。

「まあ親子ていうても、別の人間やしなあ」

「けどなんでわざわざ田造のアイドルになろうと思たんやろ。謎や」

わいわいと話す同僚たちの声をぼんやりと聞いていたそのとき、机の上に置いておいたスマホが鳴った。中村からメッセージが届いていて、ドキ、と心臓が跳ねる。

――周太さん、こんにちは。二人で話したいことがあるので、時間作ってもらえませんか？

俺が田造に行きます。

二人で話したいことて何や……。

アイドル企画のことか。それとも、もっと深刻な何か――父親がらみのことか。

まさか、俺のおかしな独占欲に気ぃ付いたとか……？

昨日、富永を前にして固まってしまったのだ。敏《さと》い彼が不審に思っても仕方ない。

もしかして気色悪いて思われたんと違うやろか。

正直、二人きりで話すのは怖い。しかし返事をしないわけにはいかない。

――了解しました。今週の金曜日、仕事が終わってからでいいですか？

短い文章なのに、何度も入力間違いをしてしまう。おかしなことを書いていないかくり返し確認して、ようやく送信した。

すると、答えは五分も経たずに返ってきた。

――ありがとうございます。そしたら金曜に市役所まで行きますね。


金曜日はあっという間にやってきた。

この五日間、中村に何を言われるのかと考えてずっと気持ちが晴れなかった。振り返れば、中村と会うのが憂鬱だなんて初めてだ。彼と一緒にいる時間は、いつも楽しかった。

市庁舎を出ると、既に中村が待っていた。止めた自転車の横に立っている。

周太さん、と呼んでニッコリ笑った彼に、周太は慌てて駆け寄った。

「ま、待たしてごめんな」

「五分ほど前に来たとこなんで大丈夫です。お仕事お疲れ様です。時間作ってくれはってありがとうございます」

「いや、そんな……、あの、礼言われるようなことは、何も……」

中村と目を合わせていられなくて、ぎくしゃくと下を向く。

その仕種をどう思ったのか、中村は優しく話しかけてきた。

「明後日《あさって》、初めてのステージでしょう。カラオケ行って練習しよう思てたんです。せやからカラオケボックスで話してもいいですか？」

うんとうつむいたまま頷く。行きましょうと促《うなが》され、周太は中村と並んで歩き出した。

「歌の動画見ました。かなり本格的でしたね。大学の友達に見せたら、皆凄《すご》いて言うてましたよ」

「あの、それは……、大西さんに、編集も手伝《てつど》うてもろたから……」

そうなんや、と中村は応じる。ちらと窺った端整な横顔に緊張の色はない。いつも通りに見える。

ほんまに、話て何やろ……。

ただでさえ重い足に湿度の高い空気が纏《まと》わりついてきて、なんとも言えず不快だ。前にこうやって二人で歩いたときは、めっちゃ楽しかったのに……。

「周太さん？　大丈夫ですか？」

気遣うように問われて、え、と思わず声をあげる。

「なに、何が？」

「しんどそうやから。体調悪いですか？」

「や、だ、大丈夫。大丈夫や」

「ほんまですか？」

「うん。ほんまや。大丈夫」

慌てて何度も頷く。今までと少しも変わらない優しい眼差しが嬉しい一方で、後ろめたい気持ちになる。

胸が痛いような、苦しいような感覚に苛《さいな》まれつつ、市役所の近くにあるカラオケボックスに入った。隣り合って腰を下ろすと同時に、あ、と中村が声をあげる。我知らず、びく、と全身が強張《こわば》った。

「周太さん、お腹減ってませんか？　先に何か頼みましょうか」

「え、いや、平気や。大丈夫。あの、お腹は全然、減ってへんから、ほんまに」

この状況では、きっとろくに食べられない。

そう思って言うと、周太さん、と真面目な声で呼ばれた。

びく、とまた全身が反応してしまう。これではますます不審に思われる。

焦った周太は、ごめんと頭を下げた。

「あの、俺、で、できるだけ、へ、変な風に、思わんようにするから、ごめん」

「変な風て？」

「や、その、あの……、ごめん、ほんまに……」

独占欲、という言葉を口にする勇気がなくて、深くうつむいて謝る。

すると、中村が首を傾げる気配がした。

「なんで謝ってはるんかようわかりませんけど、何も謝ることないですよ」

「や、けど……、あの、ごめん、俺……」

「落ち着いてください。謝らんでも大丈夫ですから」

優しいだけでなく力強い口調で言った中村は、そっと囁いた。

「俺、周太さんが好きです」

周太は思わず顔を上げた。

ほんまです、という風に頷いてくれた中村に、心底ほっとする。

嫌われたわけやなかったんや……。

しかし肝心の中村は表情を緩めなかった。なぜか困ったように眉を寄せる。

「俺が言うてる好きは、尊敬とか友達とかの意味と違います。恋愛の意味の好きです。言葉を変えて言うたら、愛してます、ていうことです。俺は周太さんを愛してます」

周太はまじまじと中村を見つめた。

恋愛の意味の好きです。俺は周太さんを愛してます。

今し方言われたばかりの言葉が、耳の奥で何度もくり返される。

「え、えっ…、え?」

欠片《かけら》も想像していなかったことを言われたからだろう、え、しか出てこない。

中村はようやくニッコリと笑った。

「周太さん、富永を気にしてたでしょう。彼女とは高校んときに付き合《お》うてましたけど、三年になる前に別れました。俺はもう何とも思てませんし、彼女も俺のことは何とも思てません」

「や、けど……、めっちゃ仲良さそうやったし……。な、何回も、見学に来てはったやろ」

富永を見たときに胸に湧いたもやもやが甦《よみがえ》ってくる。わけのわからない焦《あせ》りに突き動かされ、つっかえつっかえ言葉を重ねると、中村は苦笑した。

「今は友達ですから、普通に話はします。見学に来てた言うても、一人やのうて他の友達と一緒やったでしょう?」

「け、けど、うちの店には、一人で来てた……」

「あれは単に美味しい豆大福が食べたかっただけです。彼女も和菓子好きなんですよ」

「そうかもしれんけど……、でも……」

口ごもった周太を、中村はまっすぐ見つめる。

「俺が今好きなんは、周太さんです。周太さんだけです」

きっぱり言い切られて、周太は言葉を失った。

中村君、ほんまに俺のことが好きなんか……？　ほんまに……？

改めて衝撃が襲ってきて、頭の中が真っ白になる。

「周太さん？」

優しく呼ばれて、え、あ、いや、その、と意味のない言葉を発してしまう。

「……けど、あの、俺、男やし……」

「はい、知ってます」

「そ、それに、と、年上やし……」

「俺は年の差は気にしません。好きになった人が、たまたま年上やっただけです」

「あ、あと、俺……、俺は、大実市の職員と違《ちご》て、田造市の職員やし」

「それは全然、何の問題もないですよ」

少しも怯まず返ってくる答えに圧倒される。中村には欠片も迷いはないのだ。

対して周太は今まで、性別を問わず誰にも告白されたことがない。同性を好きになったこともない。

刹那《せつな》、強烈な焦りのような、足元が崩れていくような、奇妙な感情が湧き上がってきた。手足の先が、みるみるうちに冷たく凍《こご》える。

大実市長の息子が、本気で田造のアイドルをやりますかね。

何の脈絡もなく、辻原の言葉が耳に甦る。

「いや、でも、あの……、俺……、俺は……」

ひどく掠《かす》れた声が出た。

それきり言葉がひとつも出てこない。

「周太さんは、俺が嫌いですか?」

優しく問われて、考えるより先に強く頭を横に振る。嫌いなんて、あるわけがない。

「けど、恋愛の意味では好きやない?」

周太は固まった。正直わからない。なにしろ一度も、誰とも恋愛をしたことがないのだ。

ただ、手指の先が凍えるような感覚は一向に治らなかった。これが喜びの反応ではないのは確かだ。

しばらく周太の様子を見つめていた中村は、小さく息を吐いた。

「わかりました」

静かな声音に、びく、とまた全身が跳ねる。どうやら周太が答えなかったことで、返事はノーだと思ったようだ。

「急にコクって、びっくりさしてすんませんでした。明日から、またグループのメンバーとしてよろしくお願いします」

躊躇《ためら》うことなく頭を下げた中村に、あ、とひどく掠れた声が出た。

「あ、明日からも、来てくれるんか……?」

「はい、もちろん」

「ほ、ほんまに……?」

はい、と中村は再び大きく頷いた。

我知らずほっと息が漏れる。

すると中村はほんの一瞬、きつく眉を寄せた。が、すぐに笑みを浮かべる。

「明日、駅前と商店街で初ステージのPR活動をするんですよね。時間にはちゃんと行きますから」

「あ、うん……、ありがと……」

「そしたら、今日は帰ります。また明日」

軽く会釈をして踵《きびす》を返した中村の広い背中に、なぜか焦燥《しょうそう》をかき立てられる。

このままではいけない。何か言いたい。言わなくては。

しかしやはり、言葉はひとつも出てこなかった。

パタン、と静かに閉まったドアを呆然と見つめる。ふいに胸が捩《よじ》れるように痛んだ。かと思うと目の奥が熱くなり、次の瞬間には視界が滲む。

苦しいような、悲しいような、寂しいような、切ないような、いたたまれないような、なんとも言えない複雑な気持ちになって、今更自覚した。

——俺、中村君が好きなんや。

中村が言ったように、尊敬や友達の意味ではなく、恋愛の意味で。


なんとかマンションへ戻った周太は半《なか》ば呆然としたまま食事をし、シャワーを浴びた。思考力はほとんど働いていなかった。

アイドル企画が始まってからずっとそうしてきたように機械的にデスクに腰かけ、パソコンを立ち上げた。動画サイトを表示して、誹謗中傷《ひぼうちゅうしょう》や個人情報をさらすコメントがついていないか確かめる。

最初にチェックしたのは米作り体験ツアーの動画だ。六月末のたづくり米竈《かまど》炊きイベントに、動画を見たと言って申し込んできた家族が四組いたらしく、茂木《もぎ》夫婦に礼を言われた。

『田植えは五月の上旬に終わってしまいましたが、ツアーには途中からでも参加できます。六月にはたづくり米を竈で炊いて、おにぎりにして食べるイベントがありますので、ぜひ参加してください。田造でとれた野菜で作ったお惣菜も食べられます。周太さんは、竈で炊いたご飯、食べたことあるんですよね』

テイク2で撮った中村の声が聞こえてくる。弾《はず》むような、楽しげな物言いに胸が痛んだ。

音声をオフにしようかと思ったが、中村の声を聞きたい欲求が強くてオフにできない。

『小学校のとき、体験学習で食べました。あの、田造市の小学生のほとんどは、体験してると思います』

ぎくしゃくと答えた周太に、中村は朗《ほが》らかに応じる。

『ええなあ、めっちゃ楽しそうですね。美味しかったですか？』

『はい。炊飯器で炊くんと違《ちご》て、しっとりしてるのにふわふわで、美味しかったです』

『皆さんも、竈で炊いたしっとりふわふわのたづくり米を、ぜひ食べに来てくださいね。これから、米作りの体験ができる田んぼにお邪魔します。見てください、この一面の緑！　あの山のところまで、ずっと田んぼです。めちゃめちゃ広いです。気持ちいい！』

中村君は嬉しそうで楽しそうやけど、俺もめっちゃ楽しそうやし嬉しそうや……。

もしかしたら、中村への気持ちは錯覚《さっかく》だったのではないか。頭の片隅にあったそんな疑念があっという間に吹き飛ぶ。

俺はたぶん、このときから中村君が気になってた。

恋愛感情だという自覚はなかったが、彼は特別だった。

恋愛の意味の好きです。俺は周太さんを愛してます。

中村の告白が耳に甦り、胸が熱くなる。同時に、どうでもいいような言い訳をした挙句、最後には黙り込んだ自分が思い出された。

——俺は、怖かったんや。

異性を好きになったことがないまま、同性を好きになってしまった。自分はゲイだったのかと激しく動揺した。周りにどう思われるかも想像して恐ろしくなった。

強烈な焦りのような、足元が崩れていくような奇妙な感情の正体は、戸惑いと恐怖だったのだ。

『たづくりで会いましょう。皆は何もないところだって言うけど、たづくりにはあなたがいる。僕の大好きなあなたが。だからたづくりで会いましょう』

ミュージックビデオが完成した後、動画の最後に入れた歌のサビが流れる。

中村だけでなく周太と逸郎《いつろう》も歌っているが、周太の耳には中村の柔らかな歌声だけが飛び込んできた。

中村君が好きや。

改めて実感すると同時に、激しい自己嫌悪に陥《おちい》る。

それなのに恐れて怯《おび》えて震えあがって、本当の気持ちを言えなかった。

俺は、最低や。

物凄《ものすご》く行きたくない。

ていうか、中村君と顔を合わせづらい。

しかし行かないわけにはいかない。

まんじりともせず夜をすごした周太は、ようやくまどろみ始めた頃にスマホの目覚ましに無理矢理起こされた。大急ぎで身支度を整えてマンションを出たのは、時間ぎりぎりだった。

どんな顔して中村君と会《お》うたらええんや……。

「大丈夫か？　周太」

心配そうに眉を寄せた逸郎に覗き込まれ、周太は我に返った。

「え……、あ、ごめん」

いつのまにか中村から離れてしまっていた。

中村は一人で商店街にある精肉店の店主とにこやかに話している。昔ながらの牛肉コロッケが美味《おい》しい店だ。「たづくりにぎり企画」にも参加しており、コロッケパンならぬコロッケおにぎりを売り出して人気を得ている。

今日、市役所の前で中村と逸郎と待ち合わせた。十分前にやってきた中村は、おはようございますと屈託《くったく》なく挨拶《あいさつ》をしてきた。とても目を合わせられなくてうつむき加減で挨拶を返したものの、胸が強く痛んだ。

もしかして、そんな本気やなかったんやろか……。

がっかりした己の身勝手が、心の底から嫌になった。

俺に気を遣わせんとこう思て、平気なふりをしてるだけかもしれんのに。

中村をぼんやり見つめていると、逸郎に軽く背中を叩かれた。

「中村君と喧嘩でもしたんか？」

「え？　や、喧嘩、ていうわけや……」

周太は口ごもった。

今までは、困ったことがあると逸郎に相談してきた。しかし今回ばかりは相談するわけにはいかない。

周太の珍しい態度をどう思ったのか、逸郎は苦笑した。

「中村君に何か言われたか？」

「別に、何も……」

「それやったらええけど、目ぇも合わされへんのはまずいやろ」

「う……」

「俺が中村君に話したろか？」

逸郎の気遣う物言いに、周太は思わず顔を上げた。

「や、それは……、それはええ。じ、自分で、なんとかするから」

俺が悪いのに、中村君にもいっくんにも迷惑かけられん。

そう思って必死で言うと、そうか、と逸郎はあっさり引いてくれた。優しく笑って周太の背中を叩いてくれる。

「そしたらがんばれ」

「う、うん……。ありがとう……」

なんとかするて、どうなんとかするんや……。

昨日はちゃんと答えられんでごめんと謝って、実は俺も好きやと告白するのか？

ありえない。そんなむしの良い話はない。今更何だとあきれられるのがオチだ。それ以前に、周太自身、中村と付き合う勇気はなかった。

黙り込んでしまった周太の背中を、逸郎は励ますように叩く。

「ここだけの話やけど、大実市でもアイドル企画やるらしいぞ」

想像もしていなかったことを言われて、えっ、と周太もさすがに声をあげた。

「ほ、ほんまに？」

「大実市の商工会議所のお偉いさんが言うてはったんやから間違いない。中村君のことも市長さんの息子さんやからやと思うけど、知ってはった。冗談まじりに、もともと中村君は大実市民やから、ほんまは大実のアイドルになるんがスジやて言うてはったわ。もしかしたらお父さんの関係で、声がかかるかもしれんな」

「そ、そんな……。もし、声がかかっても、中村君は……」

大実に行かない、と言い切れるか。

今、中村は何事もなかったかのように振る舞っているが、内心では気まずさを感じているかもしれない。大実のアイドルになるかならないかは別として、近いうちに田造のアイドルをやめようと考えてもおかしくない。

ズキ、と胸が強く痛んだ。

中村君に会えんようになるんは嫌や。

「周太さん、根津さん、コロッケをいただけるそうですよ」

中村が笑顔で手招きする。

「俺は今まで通り、何かあったら力になるからな。がんばれよ」

再び周太の肩を叩いた逸郎は、中村に駆け寄った。

どうしよう。どうしたらええんや……。

答えを見つけられないまま、精肉店の店主と逸郎の三人で話している中村を目で追う。爽やかな笑顔を目の当《ま》たりにして、またズキリと胸が痛んだ。苦しい。息がうまくできない。

——ひょっとしたら中村君も、こんな風に苦しかったかもしれん……。

たとえそれほど真剣ではなかったとしても、ふられて傷つかないわけがない。きっと痛かっただろう。苦しかっただろう。

自分の痛みにばかり気をとられて、中村の痛みに思い至らなかった。

「周太さん」

突っ立っている周太が気になったらしく、中村が呼ぶ。こちらを見つめる眼差しに嫌悪や冷たさはなかった。それどころかどこまでも優しい。

中村君は大人や。気まずいやろうに、俺を気遣《きづこ》うてくれてる。

俺もせめてアイドル企画のときだけは、普段通りにせんと。

周太は必死で笑顔を作って中村に歩み寄った。

明日は初ステージだ。なんとしてでも成功させて、せめて田造のアイドルを続けたいと思ってもらわなくては。

「ほんまに大丈夫なんか?」

心配そうに尋ねてきたのは逸郎である。

「うん、大丈夫や……。ごめん……」

素直に謝ったのは、ひどい顔色をしていると自覚していたからだ。

物産展が行われるのは市民ホールの前の広場である。開始まで約一時間。あちこちでテントの設営が行われている。今日は幸い、朝からよく晴れた。湿度も低くすごしやすい気候なので、準備は滞《とどこお》りなく着々と進んでいる。

その準備の邪魔にならないよう、周太と逸郎は会場の片隅にいた。ちなみに中村はまだ来ていない。アイドル企画の責任者である市役所職員と、そのアイドル企画に協力している商工会議所の職員という大人組だけが先に来て、挨拶まわりを済ませたところだ。会う人会う人に、大丈夫かと心配されてしまった。

「まだ中村君とちゃんと話してへんのか？」

図星をさされて、周太は黙り込んだ。

昨日、中村は最後までいつも通りだった。一緒に揚《あ》げたてのコロッケを食べて、美味しいですねと笑ってくれた。

中村にこれ以上嫌われたくない。だから告白はできない。

――いや、違う。そんなきれいごとやない。俺自身がどうしても、告白する勇気が出んのや。

それなのに、どこにも行ってほしくないと思ってしまう。田造のアイドルでいてほしい。傍にいてほしい。

ベッドに入ったはいいが、どこまでも臆病で勝手な自分に悶々《もんもん》としているうちに、夜が明けてしまった。

逸郎はため息を落とす。

「中村君のことは、とりあえず置いとくとして。応援してくれて楽しみにしてくれてる人が、おまえの周りにもおるやろ。そういう人をがっかりさしたらあかん」

遠くの方に、テントの中で豆大福と「たづくりにぎり」を並べている姉の姿が見えた。米作り体験ツアーの茂木夫婦もいる。他にも、アイドル企画に協力してくれた人の姿があちこちに見受けられた。

いっくんの言う通りや……。

観光企画課の同僚だけでなく、歌を作ってくれた門脇《かどわき》の甥《おい》、映像制作を手伝ってくれた大西、『いしやま』の常連客。皆、応援してくれている。何より自《みずか》ら立ち上げたアイドル企画を周太に任せてくれた門脇を失望させてはいけない。

「周太さん、根津さん。おはようございます」

声をかけてきたのは、白いTシャツの上にカーディガンを羽織《はお》った中村だ。ドキ、と心臓が滑稽《こっけい》なほど跳ねる。

おはようと快活《かいかつ》に返した逸郎の横で、周太は小さな声でおはようとつぶやいた。

いずれおそろいのステージ衣装を作る予定だが、まだそこまで準備できていないため、今日は白いTシャツにデニムのパンツという格好をしようと話し合った。周太も同じような服装なのに、中村はやはり垢抜《あかぬ》けて見える。

「ええ天気でよかったですね」

「ほんまやな！　雨やったら野外ステージは中止になるから晴れてよかった」

逸郎は中村と言葉をかわしながら、周太の背中を軽く叩いた。ちゃんと話をしなさいと促《うなが》されているのがわかる。

恐る恐る中村を見ると、すぐに目が合った。中村はニッコリと屈託なく笑う。

ズキ、と胸が鋭く痛んで咄嗟《とっさ》に視線をそらそうとした。が、そらせなかった。今まで一度も見たことがないほど真剣な色が、中村の瞳に映っていたからだ。

周太さん、と柔らかな声が呼ぶ。

「初ステージ、がんばりましょう」

「え、あ、うん……。がんばろ……」

逸郎の視線を感じつつ頷く。

中村はなぜか優しく目を細めて笑った。

またしても胸が痛む。周太が好きな笑い方だった。

初ステージは午前十一時開始だ。午後からは地元の合唱団やシニアのジャズバンドが演奏するらしい。

周太たちは市民ホールの一室を借りて動きを確認した。何度も何度も練習したので、無意識のうちに体が動いたのはありがたかった。

部屋を出る前に、周太さん、と呼ばれた。

びく、と肩を揺らして振り返ると、はい、と中村がピンを二つ差し出してくる。

「前髪、とめてください」

「あ、ありがとう……」

ピンを受け取ったものの、ひどく寂しくなった。

もう、中村君はとめてくれんのやな……。

当たり前だ。周太は彼を傷つけたのだから。

そんでも、俺のこと思てピンをくれたんやから、喜ばんとあかん。

きつく奥歯を噛みしめて前髪をとめる。

「んー、もうちょっと横の方がええかな」

「よ、よこ?」

はいと頷いた中村は、おもむろに手を伸ばした。ドキ、と心臓が鳴る。

ピンの位置を整えた中村は、ニッコリ笑った。

「これでＯＫです」

「あ……、うん、ありがとう……」

周太はうつむき加減で礼を言った。

震えるほど嬉しい。けれど胸が痛くて、息をするのも苦しい。

やがて時間がきて、周太たち三人は野外ステージへ向かった。

心臓がバクバクしてる……。

中村への想いだけでも苦しいのに、初めて大勢の前でパフォーマンスを行うプレッシャーで押し潰《つぶ》されそうだ。

「石山さん、お願いします」

ステージの脇へたどり着くと、音響を担当してくれている商工会議所の職員に声をかけられた。はいと応じて中村と逸郎に向き直る。

場を仕切ってくれる司会者はいない。三人ともマイクは持つが、企画の責任者である周太が進行しなくてはいけない。一応進行の順は考えてきた。念のためにカンペも用意した。

中村君に、田造のアイドルでいてもらいたい。

その強い願いを頼りに、大きく深呼吸する。

「は、初ステージ、が、がんばりましょう。よろしくお願いします」

周太は逸郎と中村に向かって頭を下げた。よろしくお願いします、と二人も返してくれる。

意を決して先にステージに上がった周太の後に、中村と逸郎が続いた。場所を変えずに歌に入れるように、歌うときの定位置そのままだ。パラパラと拍手が湧く。

今にもひっくり返ってしまいそうな自分を懸命に励まし、周太は大きく息を吸って吐いた。

「ぶ、物産展に、お集まりの、皆さん。こ、こんにちは。僕たちは、田造市の、ご当地アイドルグループです。今日は、しょ、商工会議所の方のご厚意《こうい》で、この、ステージに上がらせてもらうことに、なりました。ありがとうございます」

思ったよりも声が大きく響いてぎょっとしつつも　どうにかそこまで言うと、逸郎と中村もありがとうございますと続けた。また拍手が湧く。

落ち着け、と自分自身に言い聞かせ、意識してゆっくりと続けた。

「では、じ、自己紹介をしたいと思います。まずは私、い、石山周太と、申します、田造市役所の、観光企画課の職員です。どうぞ、よろしくお願いします」

ええぞ、がんばれ！　と声がかかる。串田《くしだ》と姉、そして門脇の声だ。声がした方を見遣ると、姉の隣で門脇が手を振っていた。見に来てくれたのだ。周太は思わずペコリと頭を下げた。

「ぼ、僕の隣にいるのが、中村、秋楓《かえで》君。大学生です。お隣の、大実市の出身ですが、アイドル企画に興味を持って、わざわざ、田造に来てくれました」

「中村です。よろしくお願いします」

中村はニッコリ笑って頭を下げた。カッコエエぞ中村！　と声をかけたのは若者の集団だ。

大学の友人らしき人たちの他に、彼の高校時代の友人たちもいる。富永の姿もあって、ギクリとしてしまった。

——あかん。集中せんと。

周太はほとんど肩で息をしながら逸郎に向き直った。

「中村君の、あの、隣にいるのが、根津、逸郎さん。商工会議所の職員です」

がんばれ根津！　と男が声をかける。どうやら商工会議所の同僚だったらしく、どうもどうもと逸郎は頭を下げた。

その間に、周太は手に持っていたカンペを見た。

メンバー紹介の後は何やったっけ……。

覚えていたはずなのに、極度の緊張のせいで内容が飛んでしまっている。まだ踊っていないにもかかわらず全身が汗まみれだ。がんばれ、と声をかけられ、必死で顔を上げる。

「い、以上の三人のグループです。最近まで、このグループには、名前がありませんでした。ネットで、皆さんに投票していただいて、決めることになってたんです。その投票の結果を、あの、今日、ここで、発表させてもらいたいと思います」

一度言葉を切る。大きく息を吸ってから、再び口を開いた。

「グループの名前は、投票の結果、たづくりーずに決まりました」

おおー、と歓声と共に拍手が湧いてほっとする。

「これから、SNSにいろいろな情報をあげていきますので、見てもらえると嬉しいです。えと、米作り体験ツアーを、紹介する動画と、今から歌う、たづくりで会いましょう、の動画もあげてますので、あの、まだ、見たことがない方は、ぜひ見てみてください」

よし、なんとか歌うとこまでこぎつけた。

内心で大いに安堵しつつマイクを握り直す。掌《てのひら》も汗でじっとりと濡れている。

「では、早速《さっそく》歌いたいと思います。タイトルは、たづくりで会いましょう、です」

言い終えると同時に、音楽が流れ始める。慌ててカンペをポケットにしまった周太は、中村と逸郎に倣《なら》って定位置についた。

まだ気ぃ緩めたらあかん。本番はこれからや。

再び緊張が高まってくるのを感じる。今まで何度も練習した振り付けを必死に思い出して手足を動かす。

最初の歌い出しは逸郎からだ。低く響く声が歌い出す。

うまい。やっぱりいっくんは凄い。

なんとかリズムを崩《くず》さないように気を付けていると、今度は中村が歌い出した。柔らかな歌声が会場に響く。誰からともなく手拍子も始まった。

中村君も、落ち着いてる。

次は俺や。

意識すればするほど動きがぎくしゃくしてしまう。リズムに乗れないどころか大幅にはずれる。ふと中村と目が合った。大丈夫、と言われた気がして、じんと胸が熱くなる。

出だしはみっともなく震えたものの、どうにか声が出た。声量はいつもよりかなり小さいが、マイクのおかげで客席まで届く。

ほっとしたのも束の間、サビに向かってのフォーメーションが始まった。観客を見る余裕など欠片もなく、間違えないようにとひたすら己の足元を見てしまう。

次は右足か、左足か。右手はどうだったか、左手はどうか。

手足が冷たい。思うように動かせない。

音楽をよく聞かなくてはいけないのに、何も聞こえなかった。音楽だけではない。周りの音も聞こえてこない。頭の中は真っ白だ。

「周太さん」

ふいにはっきりと、力強い声が耳に届いた。

ハッとして顔を上げると、ぐいと腕を引かれる。そのまま優しく導くように横へ移動させられた。いつのまにか動きが止まってしまっていたようだ。

周太は反射的に中村を見た。

ニッコリと笑みが返ってくる。

つかまれたままの腕をリズムに合わせ、緩く揺さぶられた。そこでようやく音楽が耳に入ってくる。曲は既にサビにさしかかっていた。

歌いましょう、という風に中村が頷いてくれる。無意識のうちに頷き返すと、中村はまっすぐにこちらを見つめたまま歌った。

たづくりで会いましょう。皆は何もないところだって言うけど、たづくりにはあなたがいる。僕の大好きなあなたが。だからたづくりで会いましょう。

紡《つむ》がれた柔らかな歌声に、じわりと胸が熱くなった。その熱は手足の指先にまで浸透《しんとう》する。

俺はやっぱり、中村君が好きや。

誰にどう思われるとか、何を言われるとか、そうした葛藤《かっとう》や恐れ以上に、彼を失うことの方が怖い。

告白されたときにきちんと答えられなかったのに、今更好きだなんて自分勝手極まりないとわかっている。

それでも、気持ちを伝えようと思った。告白されて嬉しかったけれど、それ以上に怖かったこと。自分が断ることで中村を傷つけると考えが及ばなかったこと。そんな卑怯《ひきょう》で臆病で勝手な自分を、包み隠さず話すのだ。

中村君はきっと聞いてくれる。

その結果、嫌われるか、それともあきれられるかはわからない。

どちらにしても、受け入れるしかない。

初ステージは、なんとか無事に終わった。

周太は結局最後までぐだぐだで、少しも無事ではなかったが、中村と逸郎がフォローしたのが逆に好印象だったらしい。いろいろな人に励まされた。もっとも、何を言われたのかはよく覚えていないのだが。

商工会議所の職員に挨拶をしている間に、中村はお疲れ様でしたと挨拶をして帰ってしまい、周太は内心で大いに慌てた。ステージを終えても、告白したい気持ちは変わらなかったのだ。

逸郎に今日はありがとうと礼を言うのもそこそこに、慌てて中村を追いかけた。

中村は自転車で来ているはずだから、きっと駐輪場にいる。市民ホールには巨大な駐車場が隣接しているため、自転車で来ている者はほとんどいないらしく、駐輪場の付近は閑散《かんさん》としていた。

中村はやはり駐輪場にいた。彼の他は誰もいない。

自転車の鍵を開けている中村に、中村君！　と声をかける。

振り向いた中村は、息を切らして駆け寄ってくる周太を見て驚いたように目を丸くした。

「お疲れ様です。どうかしましたか？」

「あ、うん……。あの……、俺、話したいことがあって……」

「はい、何ですか？」

優しく促され、告白しようと思っていたのに言葉につまる。

ここまできて逃げたらあかん。

うつむいたまま、周太は大きく深呼吸をした。

「し、信じてもらえんと、思うけど……、お、俺な……、中村君が、す、好きや……。友達と違《ちご》て、れ、恋愛の、意味で……」

つっかえつっかえ言った周太は、中村の反応が怖くて矢継《やつ》ぎ早《ばや》に続けた。

「い、今更、こんなこと言うて、めっちゃ自分勝手やし、卑怯やて、わかってる。今頃、何言うてんねんて、あきれられて、嫌われても仕方ない。あのとき……、好きて、言われたとき、俺は、怖《こわ》なったんや。中村君に、こ、告白されて、全然嫌やない自分に、びっくりした。それから、あの、周りの人に、どう思われるかとか考えて、怖なった……。自分のことばっかり考えて、中村君が、傷つくかもしれんとか、全然、考えんかった……。ほんまにごめん……。中村君が、俺のこと、嫌いになってもしゃあないと思う。中村君は、市長さんの息子さんやし、大実のアイドルの方が、ええて思ても無理ない。けど、俺は、田造のアイドルでいてほしい。どっこも行かんといてほしい」

「ちょっと。ちょっと待ってください」

自分でも何を言っているのかよくわからなくなってきたのを、中村が止めた。ひく、と喉《のど》が震える。

俺ばっかりしゃべりすぎた……。

中村が歩み寄ってくる足音がした。すぐ傍《そば》で立ち止まる気配がする。

「俺が大実市長の息子やて知ってはったんですね」

「う、うん……」

「けど、俺は大実のアイドルにはなりませんよ。父は父、俺は俺です」

下から覗き込むようにされて、周太はますます深くうつむいた。

「それは、そうかもしれんけど……。俺と一緒にいるんは、嫌やろ……」

「全然、嫌やないですよ」

優しい口調だったが、それでも顔を上げられない。社交辞令かもしれないからだ。

周太さん、とまた優しく呼ばれる。

「周太さんが謝らはることないです。あのとき、パニックになってはるんがようわかりましたから」

真摯《しんし》に言った中村は、自嘲する口調で続けた。

「俺はどうも、自分が平気なことは他の人も平気やて思てしまう悪い癖があって。自分が同性を好きやていうのをわりとすんなり受け入れられたもんやから、いきなり告白したら周太さんがどう感じるかまでは、あんまり考えてませんでした。周太さんはゲイとは無縁の世界で生きてきはったんやから、周太さんが俺のことが好きやていう確信があったとしても、もっと慎重になるべきやった。結局は俺が周太さんをめちゃめちゃ好きになってしもて、その気持ちをどうしても伝えたなっただけやったんやと思います。自分勝手で自己中心的やった。反省してます。すんません。これからもっと気ぃ付けますから、許してもらえますか」

中村がしゅんと肩を落とす様を初めて目《ま》の当たりにして、周太は慌てた。

「や、そんなっ、ゆ、許すも許さんも……。悪いんは俺や。中村君が、謝ることない」

中村君、俺の告白嫌がってへんみたいや。

これから気を付けると言ったのは、これからも周太と付き合うということだ。

ということは、つまり。

「え、と……、あの、それって……、まだ、俺が、好き、てこと?」

信じられなくて恐る恐る尋ねると、中村は瞬《まばた》きをした。かと思うと、目を細めて笑う。

「はい、好きです」

「れ、恋愛の意味で?」

「はい、恋愛の意味で」

「けど、あの、俺は、自分の保身のために、中村君を傷つけたんやで。そんでも……?」

んー、と中村は首を傾《かし》げた。

「周太さん、さっきから俺のこと傷つけたて言わはりますけど、俺、傷ついてませんよ」

「ほ、ほんまに……？」

「ほんまです。せやかて周太さん、俺が嫌ややとか気持ち悪いとか、一言も言わへんかったでしょう」

「え、そうやったっけ……？」

呆然とつぶやくと、はい、と中村は大きく頷いた。

混乱と焦りで何を言ったかよく覚えていないが、罵《ののし》ったり悪口を言ったりしなかったのは確かだ。

「せやから、俺は傷ついてません」

「そか……」

心底安堵した声が出た。

つんと目の奥が痛んで、自然と涙が滲む。

ああ、俺は自分で思てた以上に、中村君のことが好きなんや……。

「周太さん」

柔らかく呼ばれると同時に、脇にたらしていた手をしっかり握られた。

「好きです。俺と付き合《お》うてください」

彼の内にある熱がまざまざと感じられる真摯な告白に、うんと周太は素直に頷いた。

すると中村はさも嬉しそうに笑う。

中村君のこの笑顔をまた間近で見られて、ほんまによかった。

思わずこちらも笑顔になると、中村はそっと手を離した。おもむろに前髪を撫でられる。

「ピン、したままですね」

「あ、うん……」

間近で見つめられ、恥ずかしさのあまりうつむく。

中村が微笑む気配がした。

「告白してくれてはるとき、どんな顔してはるんかよう見えて嬉しかったです。一生懸命で、かわいかった」

「え……」

周太は真っ赤になった。必死な様子を全部見られていたと思うといたたまれない。

きっと変な顔してた……。

なにしろ告白したのは初めてなのだ。

「そしたら帰りましょうか。汗いっぱいかいたし、風邪ひいたらあかん」

優しく言われて、あ、と思わず声をあげる。

このまま離れてしまうのは嫌だ。もっと一緒にいたい。

周太は咄嗟《とっさ》に中村の腕をつかんだ。

「周太さん？」

「あ、あのっ、うちに、寄っていかへんか？」

「え……、いいんですか？」

「う、うちでシャワー使《つこ》たらええ」

ほんの一瞬、沈黙があったような気がしたが、ありがとうございます、と中村は明るい声で礼を言った。

「そしたら、お邪魔します」

嬉しそうに言われて、ん、と周太は大きく頷いた。


「お、お待たせ」

周太《しゅうた》は髪をかわかすのもそこそこに、リビングに戻った。

「いいえ。先にシャワー使わせてもろて、ありがとうございました」

ニッコリ笑った中村《なかむら》に、ううんと首を横に振る。彼が座っているソファに腰を下ろそうかどうか迷って、周太は結局、ソファの傍《そば》に置いていた小さな木製の椅子に腰かけた。

あまり近いのは、まだ気恥ずかしい。

「着替え、やっぱりちょっと小さいな」

「大丈夫ですよ。新しいのを下ろさせてしもてすんません」

中村が着ているTシャツは周太の物である。肩と身幅が窮屈《きゅうくつ》そうだ。

マンションに到着してから、シャワーどうぞと促すと、中村はなぜか驚いたように瞬《まばた》きをした。が、すぐに、はいと頷いた。そうして中村に先にシャワーを浴びてもらい、周太も後からシャワーを浴びた。

「きょ、今日のステージ、助けてくれてありがとう」

改めて頭を下げると、いいえ、と中村は穏やかに応じてくれた。

「うまく踊れてましたよ」

「中村君が、俺を見ててくれたから。サビのとこも、俺を見て歌《うと》てくれたやろ。あれで、ちゃんと歌えた。ありがと」

照れくさくてうつむき加減で言うと、中村がため息を落とす音が聞こえてきた。

「周太さん、俺、やっぱり帰ります」

「えっ！　な、なんで？」

思わず顔をあげると、中村は困ったように眉を寄せた。

「なんでて、シャワー浴びたての周太さんと二人きりていうんは、かなりまずいです。大丈夫やと思てお邪魔したんですけど、周太さん、めちゃめちゃかわいいし。実物を目の前にするとやばいです」

「え、な、やばいて、何が？」

「俺、周太さんを抱きしめたいしキスしたいんです。もっと言うと周太さんの体を触りまくって、俺のを周太さんに入れたい。せやから、つやつやでほこほこで、びっくりするくらいかわいいなってはる周太さんが目の前にいるんは、相当やばい」

言葉を濁《にご》さずはっきりと言われて絶句する。

そうか。恋愛の意味で好きってことは、セックス込みなんや。

——中村君にキスされて、抱きしめられる。触られて、入れられる。

刹那《せつな》、カッと全身が熱くなった。怖い気もするが、それはあくまでも未知の行為に対する恐れだ。中村に対する嫌悪感は全くない。今日だけでなく、今まで幾度となく彼に助けられ、安心感を与えてもらったせいだろうか。

喉《のど》がひどく渇くような、そわそわするような感覚に襲われて、周太はごくりと息を呑んだ。

うわ、俺、自分ちに中村君呼んで、しかもシャワー浴びさせて、俺もシャワー使《つこ》てしもた。

誘っていると思われても仕方がない。

黙り込んだ周太に、中村は苦笑した。

「やっぱり、自覚なかったですか」

「え、あ、うん……、ご、ごめん……」

「いいえ。周太さん、男好きになるん初めてですもんね。そんな急にキスとか無理」

「む、無理やない」

中村を遮《さえぎ》るように言うと、中村は目を丸くした。

「ほんまですか?」

「……ん」

「抱きしめるんは?」

「だ、大丈夫やと、思う……。たぶん……」

「そしたら、抱きしめてキスしてもいいですか?」

とても中村を見ていられず、視線をそらして小さく頷く。

「あの、俺、全部、初めてやから……、う、うまいこと、できんかも、しれんけど……」

「そんなん、全然気にすることないですよ。俺は、周太さんが初めてで嬉しいです」

心底嬉しげに囁いた中村は、周太の手を柔らかく握った。こっちに来てください、とソファへ導く。並んで腰を下ろすと、ゆっくりと、しかし躊躇《ためら》うことなく肩を抱き寄せられた。

やはり少しも嫌ではない。それどころか、嬉しくてたまらない。しかし同時に、激しい羞恥《しゅうち》を覚える。心臓が高鳴りすぎて口から飛び出そうだ。

そっと覗き込まれて、周太は反射的にうつむいた。指で顎をつかまれて上を向かされたかと思うと、やはり迷うことなくキスをされる。

「ん……」

優しく唇を食《は》まれ、驚いて口を開いた次の瞬間、待っていたようにスルリと舌が入り込んできた。

「んう、ん……」

初めての経験に硬直している間に、濡れた感触が口腔《こうこう》を這う。舌で丁寧に愛撫される。

凄《すご》い、気持ちええ……。

下半身に熱が溜まってくるのがわかった。もともとそれほど性欲が強い方ではない。アイドル企画を任されてからはほとんど処理をしていなかったが、特に気にならなかった。

それやのに、こんなに早《は》よう高ぶるて信じられん。

思わず身じろぎすると、ちゅ、と微《かす》かな音をたてて唇が離れた。

「大丈夫ですか……？　気持ち悪《わる》ない……？」

囁くように尋ねられ、ん、と頷く。

「続けても平気……？」

ん、ともう一度頷くと、今度はやや乱暴に口づけられた。躊躇わずに舌を入れられ、激しく貪《むさぼ》られる。

周太はその情熱的で淫らなキスに身を任せた。口の中が燃えるように熱い。胸の奥が熱い。体も熱い。性器も熱い。

そうしてキスをしながら、Tシャツの裾《すそ》をたくし上げられた。大きな掌《てのひら》が直接肌に触れたかと思うと、迷うことなく腹を撫でまわす。他人に肌を触られるのは、子供の頃以来だ。

凄い、気持ちいい。もっと触ってほしい。

「う、ん、ふ……」

中村に押し倒される形でソファに背中を預ける。腹をつたった指先が乳首にたどり着いた。既に尖《とが》っていたそれをつままれて弄《いじ》られる。

「んあ、あは」

息継ぎのために角度を変えた唇から、自分のものとは思えない色めいた声があふれた。

ふと中村の唇が離れる。口づけの深さを示すように、互いの唇を細い糸がつないだ。すぐに切れてしまったその糸とは反対に、乳首を捏《こ》ねる指先は離れない。

むず痒いような、痺《しび》れるような、なんとも言えない感覚に襲われて、周太はきつく目を閉じた。恥ずかしい。乳首でこんなに感じるなんて信じられない。

周太さん、と甘く呼んだ唇が額にキスをくれる。

「ベッド行きましょう」

「な、なんで……?」

「ベッドで、もっと気持ちようしたげます」

情欲が滲む声で囁かれると同時に、乳首の先を爪で引っかかれた。ん、と返事なのか、嬌声《きょうせい》なのかわからない声が漏れる。

性器が濡れ始めているのがわかった。直接触っていないのに、自慰のときよりも随分早い。体が密着している中村には、とうにその変化を知られているはずだ。恥ずかしくてたまらないのに、やめてほしくない。

「そこが寝室ですよね？」

ソファの向かい側にある引き戸を示されて、今度は声もなく頷く。

体を起こした中村は、すかさず周太を抱き起こした。そのまま周太を支えて寝室へと移動する。

再び中村に口づけられ、ベッドに押し倒された。のしかかられた拍子に、脚の付け根に硬いものが押し当てられる。

あ、中村君も反応してる……。

やはり怖くはなかった。それどころか嬉しい。

思わず中村の肩口にしがみつくと、彼の手がスウェットのズボンと下着をかいくぐった。

あっという間に直に劣情《れつじょう》を握られ、そこに電流が流れたような錯覚に陥《おちい》る。

「な、中村君……！」

「ああ、もう濡れてますね。かわいいな」

陶然とつぶやいた中村は、優しく、しかし遠慮なしに周太の性器を愛撫し始めた。

大きな掌と骨ばった指が巧《たく》みに動く。他人から与えられる初めての快感は強烈で、自然と腰が揺れた。

恥ずかしい、恥ずかしい、恥ずかしい。

頭の中が羞恥でいっぱいになる。

「や、いやっ……」

「嫌ですか？　やめる？」

「あ、あ、や……！」

「じゃあ、やめなくていい？」

ん、と頷いたのは無意識だ。中村に愛撫されている性器からは、しとどに先走りがあふれていた。大きな掌で擦られる度《たび》、滴《したた》ったものがくちゅくちゅと音をたてる。

恥ずかしくて仕方がないけれど、たまらなく気持ちがいい。あ、あ、と自然に甘い嬌声が漏れる。

「かわいいな、周太さん。めちゃめちゃかわいい。気持ちいいですか？」

「ん、うん……。もち、いい……」

とうとう恥ずかしさよりも快感が勝って素直に答えると、中村は周太の性器を大胆に擦《こす》った。

あまりに気持ちよくて、あぁ、と掠《かす》れた声が漏れてしまう。腰の揺れが止まらない。

「中村く、待って、待って」

「嫌ですか……?」

「や、やない、けど……、いく……、いきそう……」

「我慢せんと、いっていいですよ」

「けど、あ、あっ」

先端を指先で弄られ、周太は我慢できずに極まった。びくびく、と腰が震え、欲の証《あかし》が腹に飛び散る。

下半身を直撃した強い快感が瞬く間に全身に広がり、周太は喘《あえ》いだ。荒い息をくり返す唇に、中村が浅いキスをしてくれる。無意識のうちに舌を差し出すと、ちゅ、と優しく吸ってくれた。

あまりに心地好くて、思わず笑ってしまう。

射精て、こんな気持ちよかったっけ……。

しかも全身に飛び散った甘い快感は一向に消えない。体の芯に留まって燃え続けている。達したというのに衰《おとろ》えない性器が恥ずかしくて身じろぎすると、ズボンと下着を一気に引き抜かれた。

「あ……!」

驚いて目を開けると、またキスをされる。間近で見下ろしてきた瞳には、激しい情欲と愛《いと》しさが等分に映っていた。口内の感じる場所をくすぐられたのと相俟《あいま》って、ぞくぞく、と背筋に甘い痺れが走る。んん、と喉の奥から声を漏らすと、ふ、と唇が離れた。

「気持ち、よかったですか?」

「ん……」

「よかった」

嬉しそうに笑った中村に、胸の奥が熱くなった。

俺も、中村君を気持ちようしたい。

中村君、俺のを周太さんに入れたいて言うてた……。

周太も二十四歳の大人だ。セックスの経験はないが、知識としては、それが何を意味するのか知っている。

「中村君……」

腹の半《なか》ばまで上がっていた周太のTシャツの裾を更にめくり上げつつ、なんですか? と中村が応じる。露《あら》わになった乳首は、濃い色に染まって尖っていた。それをつまむ中村の指を止めなかったのは、弄られるのが気持ちいいと既に知っていたからだ。

「あの、あのな……」

はい、と応じた中村の唇が、躊躇うことなく左の乳首に口づける。右の乳首の先端をくすぐりながら優しく吸われて、あ、と声が漏れた。

快感に流されそうになるのを、どうにか堪《こら》える。

「俺、俺な……、中村君にも、気持ちよう、なってほしい……」

「触ってくれるんですか」

「さ、触っても、ええし……。ん、中村君の……、入れても、ええ……」

刹那《せつな》、乳首をきつく吸われると同時に激しく揉《も》みしだかれ、周太は顎を反《そ》らせた。たちまちあられもない嬌声があふれる。

その声が恥ずかしくて慌てて唇を噛みしめるが、淫らな愛撫を続けられ、結局は連続して声をあげてしまった。

「あか、そこ、そこばっかりっ……」

「周太さんが、エロいこと言うからです……」

「エロ、エロいことない……」

「エロいです。めちゃめちゃエロい」

熱く甘く囁いた中村は、ようやく乳首を解放した。赤く腫《は》れているのを満足げに見下ろした後、周太さん、と優しく呼ぶ。

「自分でするとき、ゴム使いますか?」

「ん、うん……。後始末が、楽やから……、たまに……」

「どこにありますか?」

「そこの、二番目の、引き出しの中……」

中村は脇にあるチェストの引き出しからゴムを取り出した。

「ローションは、さすがにないですよね。あ、ハンドクリームとかは?」

外気にさらされた乳首がむず痒《がゆ》くて、しかし自分で触るのは恥ずかしくて、上半身を震わせながら答える。

「冬に……、使《つこ》てた、ワセリンが……、一番上に……」

「それはいいですね」

さも嬉しげに言って、中村は早速引き出しからワセリンも取り出した。蓋《ふた》を開けたかと思うと、長い指にたっぷりと纏《まと》わせる。

これからその指が何をするのかを想像しても、不思議と怖くなかった。ただ、恥ずかしくてたまらなくて、全身が燃えるように熱くなる。

中村の視線が、無意識のうちに擦り合わせた腿《もも》に注がれた。腿の付け根に生《な》る性器は、震えて立ち上がっている。先端からあふれた雫《しずく》が、次から次へと滴り落ちる。

激しい羞恥を覚えて咄嗟に手で隠そうとしたが、中村の動きの方が早かった。周太の腿を強い力で開き、指で尻の谷間を探る。

「や、あっ……!」

ワセリンのおかげだろう、指は一気に根元まで入り込んだ。たった一本だけなのに息がつまって、シーツを強く握りしめる。

「痛いですか?」

心配そうに問われて、周太は首を横に振った。

「けど、苦しい……」

「すんません。できるだけ早《は》よう、気持ちようしますから」

囁いた中村は、ゆっくり指を動かした。内側を拡《ひろ》げるように回転させたかと思うと、抜き差しされる。全身を支配していた快感が一瞬で霧散《むさん》し、かわりに内臓を押し上げられるような不快感に襲われた。

は、は、と短い息を吐いて耐えていると、ようやく指が中に馴染んでくる。ほっとしたそのとき、指が倍に増やされた。

「う、あっ……」

奥深くまで侵《おか》され、全身が強張った。苦しい。息がうまくできない。

きつく目を閉じた次の瞬間、二本の指が同時に引き抜かれた。出て行くときに、内側のある部分を強く押される。

「ああっ……!」

腰に電撃のような感覚が走って、周太はのけ反《ぞ》った。あまりに強すぎる衝撃が何なのか頭が理解する前に、何度も連続してその場所を擦られる。

「あ、あかっ、そこ、やっ」

「ここ、気持ちいいんですね」

「だめ、だ、あ、ぁん」

奔放《ほんぽう》に飛び出てくる嬌声をどうしても抑えられなくて、周太はたくし上がっていたTシャツの裾を噛んだ。築三年のこのマンションは防音がしっかりしている。外に漏れることはないものの、恥ずかしい声を中村に聞かれたくない。

しかし室内に響く、くちゅくちゅというワセリンの淫靡《いんび》な水音は防ぎようがなかった。

「ん、ふ、んんっ」

感じる場所をくり返し押されるだけでなく、奥までかきまわされ、拡げられ、足指の先が幾度も跳ね上がる。腰がくねる度、限界近くまで膨《ふく》らんだ性器も激しく揺れた。

我知らず己の性器に手を伸ばしたが、先に中村に握られてしまう。少し擦られただけで、それは呆気《あっけ》なく達した。

「ん、んーっ……!」

中村が休みなく中を愛撫し続けているせいだろう、絶頂の感覚が去らなくて、瞼《まぶた》の裏に星が散る。

――あかん、おかしいなる。

内側から火であぶられ、蕩《とろ》かされるような快感だ。こんな感覚は今まで一度も味わったことがない。

周太さん、とうめくように呼ばれた。

「入れてもいいですか?」

「あか、あかん……。もう、いっぱい、入ってるからっ……」

すすり泣きながら答えると、うん、と中村は優しく応じた。

「確かに、いっぱい入ってますね。けど、指と違て、俺のを入れたいんです」

「な、中村く、の……?」

「はい。周太さんと、もっと深く、つながりたい」

指の動きがようやく止まった。はあはあと荒い息を吐きながら、ぼんやりと中村を見上げる。

蕩けるように優しいだけでなく、獰猛《どうもう》で凶暴な眼差しで見つめられた次の瞬間、つい今し方まで執拗《しつよう》に愛撫されていた場所が激しく収縮《しゅうしゅく》した。

「あっ、あ……、や、何……?」

中村の指は、ただそこでじっとしているだけだ。それなのに、内壁が指を愛撫するように淫《いん》靡《び》に蠢《うごめ》く。必死で止めようとするが、止まらない。

「やぁ、いや、いやや」

「大丈夫ですよ。周太さんが、俺とつながりたいて思てる証拠です」

「ほ、ほんまに……?」

「はい。せやから、つながりましょう」

優しく誘われて、こくりと頷く。内側から強い快感を与え続けられたこと、そして二度も絶頂を迎えたことで理性がすり切れていた。

次の瞬間、口から出たのは紛《まぎ》れもない本心だ。

「中村君の、入れてほしい……」

すると、指がゆっくりと引き抜かれた。内壁が引きずられるような感覚に、あ、あ、と嬌声が漏れてしまう。

指が全て出て行っても、そこはやはり収縮をくり返した。入り口が痙攣《けいれん》するように震える。たまらず身悶《みもだ》えたそのとき、両膝を強い力で持ち上げられた。あ、と声をあげると同時に、大きな熱の塊《かたまり》が後ろにあてがわれる。間を置かず、それは周太の中に押し入ってきた。

「っ、い、あーっ……!」

掠れた声が喉の奥から迸《ほとばし》る。

一息に奥深くまで達した中村の、あまりの大きさに息ができない。そこが裂《さ》けるかと思うほど痛い。内壁が焼け焦げるように熱い。

つながった喜びを感じる余裕は全くなく、周太は激しく首を横に振った。

「痛い、痛い……!」

「周太さん、ちゃんと、息して」

「や、いや、抜いて、抜いて……!」

のしかかっている中村の肩を必死で押し、腰を揺らしてどうにか抜こうとする。が、力が全く入らないせいで抜けないどころか、中にいる彼を締めつけてしまった。

「っ、あかん、そんな締めたら」

「あ、あっ、ちが、違う……！」

焦って抜こうとすればするほど、周太の内壁は中村に絡みつく。

「うそ、違う、ちがうから……！」

必死で腰をずり上げると、中村は反対にわずかに腰を引いた。これで抜ける、とほっとしたタイミングで再び奥を突かれる。

「あぁっ……！　あ、やっ」

また腰を引くと、中村は先ほどよりも大きく引いた。が、こちらが一旦力を抜いたタイミングで、またしても奥まで貫《つらぬ》かれる。あまりの衝撃に嬌声をあげてのけ反った周太だったが、必死で腰を引いた。するとまた次の瞬間、奥深くまで押し開かれてしまう。

「や、だめ、だめっ……！」

「凄い、上手ですよ、周太さん……。めちゃくちゃ、気持ちいい……！」

中村が周太の動きに合わせて腰を巧みに動かしていると気付いたときには、痛みも苦しさも薄れていた。かわりに増大したのは痺れるような快感だ。

好きな人とつながるて、こんな気持ちええんや。

「あ、あう、中村く、中村君」

「周太さん、周太さん」

激しくなる一方の中村の律動についていけず、揺さぶられるままになる。

「周太さん、好き、好きです……！」

中村に劣情を擦られ、周太は呆気なく達した。やや遅れて中村が体内で達する。ゴムをつけていたらしく、彼が放ったもので中が濡れることはなかったが、周太は甘い声をあげて身悶えた。

俺も、中村君が好き。

意識が急激に薄れたので、そう言えたかどうかはわからなかった。


たづくりで会いましょう。皆は何もないところだって言うけど、たづくりにはあなたがいる。僕の大好きなあなたが。だからたづくりで会いましょう。

柔らかな歌声が聞こえてきて、周太はぼんやりと目を開けた。

上機嫌で歌っているのは、枕元に腰かけた中村だ。Tシャツにスウェットのパンツというラフな格好をしている。

なんで中村君がうちにいるんやろ。

そう思った次の瞬間、濃厚なセックスの記憶が一気に甦ってきた。体の奥深くまで入ってきた中村の感触が、まだ甘い痺れとなって残っている。

なんか、凄かった……。

セックスがあんなに気持ちがいいものだなんて、初めて知った。事後に優しく甘やかされる心地よさも、また格別だった。

中村は丁寧に周太の体を拭《ふ》き清め、汚れた物を洗ってくれた。ずっと嬉しそうにニコニコしている彼に、周太も自然とニコニコしてしまった。

中村君、と呼んだ声は艶っぽく掠れた。恥ずかしくて咳払《せきばら》いすると、中村がこちらを見下ろしてくる。大きな手が優しく髪を梳《す》いてくれた。

「大丈夫ですか？　気分は？」

「平気……。あの、今何時？」

「四時ですね」

いつのまにか眠ってしまっていたようだ。

「やっぱり、中村君の歌が一番好きや」

「たづくりで会いましょう、ですか？」

「ん。めっちゃ心に響くていうか、ええなあって思う」

まだふわふわした気分で言うと、中村は悪戯《いたずら》っぽい笑みを浮かべた。

「そら響くでしょう。俺はいつも、周太さんのことを思い浮かべて歌《うと》てますから」

「え、そ、そうなんか？」

「そうです。あの歌、俺の気持ちにぴったりなんですよ。皆は何もないところだって言うけど、たづくりにはあなたがいる。僕の大好きなあなたが。だからたづくりで会いましょう。初めて聞いたとき、あんまりそのままでびっくりしました。まあでも今は周太さん以外にも、いっぱいええ物があるて知ってますけどね」

周太は半ば唖然として中村を見た。彼の歌が殊更《ことさら》甘く聞こえたのはそのせいか。じわじわと今更ながら頬が熱くなる。

中村は赤く染まった周太の頬を撫でた。二重《ふたえ》の目が優しく見下ろしてくる。

「はじめ、人と接するんが得意やなさそうやのに、なんでアイドル企画なんか立ち上げたんやろうて不思議に思いました。後で、周太さんが自分で考えたわけやのうて、引き継いだんやてわかって納得した。けど周太さん、苦手やからって投げ出したりせんと、めちゃめちゃがんばってはりますよね。そういう一生懸命で真面目なとこ、凄く好きです。アイドル企画に受かって、一緒にすごせることになって嬉しかった」

しみじみとした物言いに無性に照れくさくなった周太は、布団を口許《くちもと》まで引っ張り上げた。

「あ、ありがと……。けど、俺ががんばれてるんは、中村君が見守ってくれて、助けてくれてるからや」

「俺だけやのうて、根津《ねづ》さんもでしょう」

わずかに拗《す》ねたような口調に、瞬きをする。

「いっくんは、確かに頼りにしてるけど……」

「俺よりもですか？」

「え？　いや、そんなことは……」

何やろう、この感じ……。

——あ、もしかしてヤキモチ？

いやいや、まさか、中村君がヤキモチ焼くなんてそんな。

中村はやはり拗ねた口調で続ける。

「何かていうといっくんいっくんて言わはるから、最初、周太さんは根津さんが好きなんかと思いました」

「ちがっ、違うで。いっくんのことは頼りにしてるし好きやけど、親戚のお兄ちゃんみたいな感じや。恋愛の意味で好きなんは、中村君だけ」

慌てて言うと、んー、と中村は首を傾げた。

「なんかやっぱりちょっと腹立ちます。反対はせんけど絶対泣かせんなよて、念押されたし」

「え、念押されたて、いっくんに？」

「そうです。そんなん根津さんに言われるまでもないですけどね。絶対泣かせたりせんし、大事にするに決まってる」

ムッとした口調に、周太は瞬きをした。

「あの、中村君……」

「何ですか？」

「ひょっとして、ヤキモチ焼いてる……？」

恐る恐る尋ねる。

すると中村は目を丸くした後、ぎゅうと抱きしめてきた。

「今頃何を言うてはるんですか。ヤキモチ焼きまくりです」

「え、あ……、そうなんや……」

まだなんだか信じられなくて、しかし嬉しくてたまらなくて口ごもると、額にかかった前髪を優しく払われる。

「前髪、切らはった方がええと思てましたけど、やっぱりそのままがいいですね」

「なんで……？」

「アイドルやってるときは仕方ないですけど、普段はこの色っぽい目を周りに見せとうない」

「え、俺、全然色っぽうないけど……」

「色っぽいですよ。黒目がちで、いっつもちょっと潤《うる》んでて。こうやって髪を上げた状態で、じっと見つめられるとドキッとします」

「そんなん思うん、中村君だけや」

真面目な物言いが照れくさくて、周太は慌てて前髪を両手で下ろした。

「それに、それは、たぶん……、俺が、中村君を好きやから……。中村君の前でだけ、そういう目になってるんやと思う」

思ったことをそのまま言っただけだったが、体を起こした中村はまた目を丸くした。かと思うと、今度は天井を仰《あお》ぐ。

「あーもう、ほんまにあかん……。だめです。めっちゃかわいい。それにめちゃめちゃエロいし、かわいいし、かわいいし」

「べ、別に俺はエロないやろ」

三回もかわいいと言われたことも恥ずかしかったが、まだ己の嬌態《きょうたい》が記憶に新しい今、エロいという言葉が猛烈に恥ずかしい。

真っ赤になった周太に、中村はニッコリ笑った。

「周太さんはエロいですよ」

「エ、エロない」

「エロいです。俺、あんなに興奮したの初めてでした」

しみじみと、それこそエロいことを言ってのけた中村に、周太は耳まで赤くなった。

中村はさも嬉しそうに笑う。

「大好きです、周太さん」

「……ん。俺も、好き」

小さな声で答えると、またしてもぎゅうと強く抱きしめられた。

たづくりで会いましょう

tadukuri de aimasyou

カシャカシャ、とシャッターを切る音が室内に響く。

カメラを構えているのは、タウン誌の記者である若い女性だ。

「中村《なかむら》さん、根津《ねづ》さん、いいですよ。石山《いしやま》さん、もうちょっと笑顔でお願いします！」

隣にいる石山周太《しゅうた》が、びく、と肩を揺らす。互いにカメラの方を向いているので表情は読み取れないが、きっとぎこちない笑みを浮かべたのだろう。

「んー、まだ硬いですね。肩の力抜いて、リラックス、リラックス！」

がんばれ、周太さん。

口で励ますことができないかわりに、恋人の背中にそっと手を当てる。女性からは死角になっているから見えないはずだ。

周太はまた、びく、と肩を揺らした。見下ろす位置にある愛らしい耳がうっすらとピンク色に染まる。

「あ、いいですね、凄《すご》くいいですよ！　はい、オッケーです！　お疲れ様でした！」

女性の明るい声を合図に、周太はあからさまに体の力を抜いた。

が、すぐ緊張の面持《おもも》ちに戻り、彼女に向かってペコリと頭を下げる。

「こ、こちらこそ、ありがとうございました。あの、お、わ、私のせいで、何度も、お手数かけてしもて、すみません」

「いえいえ、全然大丈夫ですよ。こっちこそ、私服の写真も撮りたいてわがまま言うてすみませんでした。石山さん、後で記事と一緒に写真もデータにしてお送りしますんで、チェックお願いします」

「あ、はい、あの、よ、よろしくお願いします」

またペコリと頭を下げた周太は、ちらとこちらを見上げてきた。長めの前髪の隙間から覗く黒目がちの瞳がわずかに潤《うる》んでいるのは緊張のせいだろう。

ありがと、と小さな声で礼を言われて、ニッコリと笑みを返す。

あー……、めちゃめちゃかわいい……。

とても四つ年上とは思えない可愛らしさだ。

場所は田造《たづくり》市役所の会議室。タウン誌の取材を受けていたところである。

中村秋楓《かえで》は女性記者と話している周太を見守った。笑みを浮かべているが、やはりぎこちない。それでも一生懸命受け答えをしている。

人と接するのが得意ではないのに、「たづくりーず」をなんとか有名にして田造市を盛り上げようとがんばっているのだ。秋楓の恋人は、責任感が強い上に真面目なのである。

まあでも、ずっとぷるぷるしてはるんやけどな……。

連想するのは、怯《おび》えて震える小さなチワワだ。

「たづくりーず」が物産展で初ステージを踏んでから、約三ヵ月。厳しい残暑がようやく緩《ゆる》み、少しずつ秋の気配が感じられるようになった。秋楓と、今、秋楓と同じように周太を見守っている根津逸郎《いつろう》は「たづくりーず」の活動にすっかり慣れた。

しかし、もともと人前に出るのが得意ではない周太は、いまだにステージでも取材でもガチガチになる。今日のインタビューも、アイドル企画の責任者で、なおかつ市役所職員でもある周太が中心となって受け答えをしたのだが、何度も言葉につまった。その度《たび》に秋楓と逸郎が助け舟を出したことは言うまでもない。

初対面のときも、面接をされている秋楓より周太の方がよほど緊張していた。涙目で若干《じゃっかん》震えている彼が一生懸命なのは伝わってきたので、不快には感じなかった。むしろ、がんばれ！と応援する気持ちになったことを覚えている。

人と接するのが苦手そうな人が、なぜアイドル企画を立ち上げたのか大いに疑問だった。後で立案者は別にいて、周太はその代理だと聞かされて納得した。

めっちゃ苦手なことやのに、適当に流したり、人に押し付けたりせんとがんばってはる。

年上の社会人に対して随分と失礼だが、偉いな、と感心した。

そしてなぜか、胸の奥がじんわりと熱くなった。

その熱が愛《いと》しさだと気付いたのは、少し後になってからだ。

「それでは失礼します。根津さん、中村さん、ありがとうございました」

記者は秋楓と根津にも丁寧に頭を下げて部屋を出て行く。

お気を付けて、と見送った周太は大きなため息を落とした。ぷるぷると震えていた小さな犬が緊張から解き放たれ、ぺしょ、と愛らしい尻尾《しっぽ》を落としたかのようだ。

表情も仕種も、何もかもがいちいち可愛らしく見えるのは、恋人の欲目だろうか。

「お疲れ様です、周太さん」

すかさず声をかけると、お疲れ様、と周太は柔らかな笑みを浮かべた。

記者に向けていた笑顔とは異なる心からの笑みに、秋楓の頰も緩む。

「あの、中村君もいっくんも、何回もフォローしてくれてありがとう。いっつも、頼りっぱなしでごめん」

ペコリと頭を下げた周太の肩を、根津が優しく叩く。

「頼りっぱなしってことはないぞ。おまえもようがんばってた。なあ、中村君」

「はい。前よりずっとうまいこと話せてましたよ」

周太は照れくさそうにうつむいた。

「あ、ありがと……。でも、あの、もっとちゃんとできるように、がんばるから……」

うん、と生真面目《きまじめ》に頷いた周太は、あ、と思い出したように声をあげた。

「来週の土日は休みて言うてたけど、土曜の午後に、地元のラジオの出演依頼が入ったんです。二人の都合はどうですか?」

周太はアイドル企画のことになると、自然と敬語になる。市役所の職員として真面目に取り組んでいるのがわかって微笑《ほほえ》ましい。

「すまん、来週の土曜は仕事や」

申し訳なさそうに眉を寄せた根津とは反対に、秋楓はニッコリと笑みを浮かべた。

「俺は大丈夫です。行けますよ」

周太はパッと顔を輝かせる。

「そっか、ありがとう！　えっと、今日はこれで終わりです。いっくんは、再来週《さらいしゅう》の土日、またお願いします。中村君は、来週の土曜も出てもらわんとあかんけど、よろしくお願いします。お疲れ様でした」

周太は律儀《りちぎ》に頭を下げた。

お疲れさん、と言って再び周太の肩を叩いた根津が、ちらと視線を向けてくる。

土曜日頼むぞ、と目顔で言われて、秋楓は頷いてみせた。

同時に、ほどほどにしとけよ、と注意された気もしたが、こちらは半《なか》ば無視する。

この後、周太のマンションへ一緒に帰るのを、根津は知っているのだろう。周太が明日の月曜に代休をとっているので、約一週間ぶりに抱き合うこともわかっている。

周太を心配する気持ちはわかるが、恋人同士の時間にまで口を出されたくない。

周太さんもいまだに何かあるとすぐ、いっくんいっくんて言うしな……。

幼馴染みである根津は、周太が幼い頃から実の兄のように彼を見守ってきたという。反対はせんけど絶対泣かせんなよ。そう釘《くぎ》を刺してきたときの顔は、怖いくらいだった。

いくら恋人でも、知り合って半年ほどでは根津に太刀打《たちう》ちできなくても仕方がない。

わかってても、イラッとするのは止められんのやけど。

「あの、中村君、ラジオ局にメールだけ送ってくるから、一階のロビーで待っててくれるか？」

はにかんだ笑みを向けられ、じわりと胸が熱くなる。

周太がこんな顔をするのは秋楓の前だけだ。

「わかりました、ロビーにいます」

「あ、ありがとう。あの、すぐ済むから、ほんまに」

「そんな焦《あせ》らんでも待ってますから、大丈夫ですよ」

駆け出した背中に声をかける。

「ん、ありがと！」

肩越しに振り向いたせいで足元が疎《おろそ》かになり、周太は転びそうになった。

慌てて駆け寄ろうとすると、彼はどうにか体勢を持ち直した。恥ずかしいのだろう、顔を真っ赤にする。

「び、びっくりした……」

「大丈夫ですか？」

「だ、大丈夫、大丈夫や。すぐ戻ってくるから、待っててな！」

勢いよく手を振って再び駆け出した背中を、秋楓は安堵のため息と共に見送った。

一生懸命になると周りが見えなくなるらしく、ときどきやけに危なっかしい。

できればずっと傍《そば》にいてフォローしてやりたい。守ってやりたい。

こういう感じ、周太さんが初めてや。


秋楓は子供の頃から、やたらと異性にもてた。

文武両道で何でも器用にこなす。長身で容姿も悪くない。老若男女問わずスムーズにコミュニケーションがとれて、明るくて気さく。おまけに父親は地元の名士——昔から大実《おおみ》市でいくつも会社を経営してきた中村家の出身だ。

高校ではテニスでインターハイにも出場した。それで満足してしまって、大学では気楽なテニスサークルに入ったが、当然のことながら遊びで入った誰よりも上手く、目立った。

客観的に見て、そらもてるわな、と思う。

爬虫類《はちゅうるい》と両生類《りょうせいるい》——特にカエルが大の苦手という弱点はあった。女性に幻滅《げんめつ》されたこともあったが、同性には親しみを生む要因になったらしく、男友達も多かった。他ならぬ周太も親しみを感じてくれたようだ。カエルは今も大嫌いだが、ほんの少しだけ感謝している。

ちやほやされても浮かれずに己を冷静に分析していたのは、女性に興味が持てなかったからだ。女の子にいくらカッコイイと褒《ほ》めそやされ、「ワタシかわいいでしょ」アピールをされても、鬱陶《うっとう》しいと感じることが多かったように思う。兄には俺より四つも年下やのにクールすぎると恐れられ、姉にはしょうもない女にひっかかる心配がないんはええことやと褒められ、妹にはお兄ちゃんは冷たいと非難された。

だからといって、恋人を作らなかったわけではない。中学で一人、高校で一人、どちらも女性と付き合った。

自分から誰かを好きになることはなかったが、たくさんの女性に付き合ってほしいと告白された。来る者拒《こば》まずだったものの──自分から告白したわけではなかったので、単に受け身だったとも言える──、「女」を前面に出してくるタイプは苦手だったため、自然とさっぱりした性格の女性と付き合うことになった。

とはいえ、中学高校とテニス漬けの毎日を送っていたから、恋愛に注ぐエネルギーはそれほど残っていなかったのが実情だ。テニスと勉強、カノジョとの付き合い。その三つで手一杯で、自分が実はおとなしくてかわいい人が好みだと気付く間がなかった。

今振り返ると、当時のカノジョとの関係は、キスとセックスを除けば、恋人というより気心の知れた友人に近かったと思う。そしてそのキスやセックスもスポーツ感覚だった。一応ムード作りはしたが、内心では、始め！　集中！　終わり！　お疲れ！　といった感じだった。だから相手が今日は気分じゃないと言えば、すぐに引き下がった。できないことを不満に思わなかった。

当然、二人で味わった快楽の余韻《よいん》を楽しむとか、欲を満たした後も離れたくないとか、挿入はなくてもいいからずっと触っていたいとか、逆にずっとつながっていたいといった欲を覚えたことは一切なかった。

富永《とみなが》と別れる少し前にゲイだと自覚したのも、それほど回数は多くなかったセックスが原因だ。溜まった欲を解消するためだけの接触に、どうしても違和感を拭《ぬぐ》えなかった。富永も違和感を覚えていたのか、別れたいと告げると拍子《ひょうし》抜《ぬ》けするほどあっさり応じてくれた。いわく、なんかそんな気がしてたわ。

周太と体を重ねるようになった今、つくづく今までのセックスは味気なかったと思う。

せやかて周太さんにはずっと入れてたいし、体の隅々まで触りたいし、終わってもずっといちゃいちゃしてたい。

何より、得られる快感の強さと充足感、そして幸福感が桁《けた》違いだ。

よく考えてみれば、周太は秋楓が初めて自《みずか》ら好きになった人なのだ。

ある意味、俺の初恋や。

しかもその初恋は実った。俺は世界一幸せな男て言うても過言やない。

「ほんまに来週の土曜日、大丈夫？」

小さく首を傾《かし》げた周太に尋ねられ、秋楓は笑み崩れた。

「大丈夫ですよ。周太さん、日曜は打ち合わせが入ってるけど、土曜は時間あるて言うてはったでしょう。せやから周太さんを誘《さそ》て遊びに行くか、二人でまったりしたいて思《おも》てたし」

「え、あ、そうなんや」

周太は風呂上がりでピンク色に染まっていた頬を、更に赤く染めた。

んぐ、と喉《のど》が鳴りそうになったのをどうにか堪《こら》える。

やばいくらいかわいい……！

今まで女性はもちろん男性にも、これほど「かわいい」のツボを押してくる存在はいなかった。

外で夕食を済ませ、二人で周太が借りているマンションへ戻ってきた。風呂に入った後、ソファに並んでミネラルウォーターを飲んでいるところである。

「あの、中村君、一緒にいられるんは嬉しいけど、ちゃんと休めるときに休んでな。俺は平日に休んでるけど、中村君は平日も大学があるやろ。最近、日曜だけやのうて土曜もほとんど潰してしもてるから、申し訳ない思て……」

真っ赤になったまま言葉を重ねる周太に、ああ、と秋楓は頷いた。

「それはほんまに大丈夫ですから気にせんといてください。周太さんこそ、アイドルやるだけやのうて、事務仕事やら会議やら打ち合わせやらで大変でしょう。門脇《かどわき》さんの甥《おい》っ子さんがメジャーデビューしはってから出演依頼が増えて、余計に忙しいなったんと違いますか？」

二ヵ月ほど前、「たづくりーず」の楽曲『たづくりで会いましょう』の作詞作曲を手がけてくれた門脇の甥、桜庭洋祐《さくらばようすけ》が有名なレコード会社からデビューした。彼の歌がCMソングとして全国に流れたことで、一気に名が知られるようになった。

その頃から、「たづくりーず」にも関西ローカルの情報番組や音楽雑誌、タウン誌の取材がぽつぽつと入るようになった。桜庭がこういう活動もやってます、と「たづくりーず」のことをインスタグラムに載せてくれたのが大きかったのだろう。

周太が管理している「たづくりーず」のSNSのフォロワーも、当初に比べるとかなり増えた。動画の再生回数も増えている。クリアファイルやミニタオルといったグッズも売れているようだ。ちなみにグッズには「たづくりにぎり」の割引券がついてくる。

周太の上司である串田《くしだ》によると、「たづくりーず」効果が表れたのか、ふるさと納税についての問い合わせが去年の三倍に増えたらしい。「たづくりにぎり」目当てで市外からやって来る客も、少しずつ増えているという。町おこしをテーマに卒論を書きたいので「たづくりーず」に関するデータを使わせてほしいと頼むと、快《こころよ》く応じてくれた。

「企画がうまいことといってる証拠やから、忙しいのはありがたい。再来週は中村君が通《かよ》てる大学の学祭にも呼んでもろてるし、市の文化祭もあるし、足引っ張らんようにがんばるな」

周太は真面目な顔で言った。練習のときはほぼ完璧に歌って踊れるようになったものの、本番では緊張のせいでミスをしがちなのだ。

まあ俺はミスして焦って涙目になってはる周太さんも、めっちゃかわいいて好きやけど。ミスをカバーしてあげた後の、ほっとした笑顔も好きだ。

中村君、カッコイイ。大好き。

心の底からそう思っているのが伝わってきて、なんとも言えず快い。

「ミスいうたって、たいしたミスやないから大丈夫ですよ」

「けどいっつも俺だけ、遅れたり間違えたりするやろ」

「それもご当地アイドルらしいてええやないですか」

「そうかもしれんけど、曲も振り付けも、それに衣装も凄《すご》い本格的やから、中村君にもいっくんにも、若森《わかもり》さんにも谷《たに》さんにも、申し訳のうて……」

谷はコスプレが趣味だという水道課の三十代の女性職員である。二ヵ月前にできた衣装は彼女の手作りで、本物のアイドルが着ていてもおかしくない出来栄《ば》えだ。

一見するとおそろいだが、各々《おのおの》少しずつデザインが異なる。周太の衣装は秋楓と根津の衣装に比べ、上着の丈がやや短めだ。パンツの丈も短く、足首が見える。背はそれほど高くないものの、バランスのとれた細身の体つきが際立つデザインだ。周太本人はいまだに、こんなカッコエエ衣装は俺には似合わへんと言うけれど。

谷さんは周太さんの良さをちゃんとわかってはる。素晴らしい。天才。グッジョブ。エクセレント。

心の内で思いつく限りの賛辞を送りつつ、居心地が悪そうにもじもじする周太を記念と称してスマホで連写しまくった。ちなみに何かを連写したのは、生まれて初めてだった。

「一生懸命がんばってはるんは伝わってるから大丈夫ですて。少なくとも俺は周太さんの歌と踊り、好きですよ」

優しく言って、しょんぼりと落ちた肩を抱き寄せる。

すると周太は赤くなりつつも、素直に体を預けてきた。シャンプーの爽《さわ》やかな香りがふわりと鼻先を掠《かす》める。

「中村君、優しいな……」

「優しいわけやないです。ほんまのこと言うただけやから」

「あ、ありがと。あの、俺も、中村君の歌と踊り、好きや。柔らかい優しい声やから、聞いててめっちゃええ気分になるし、あと、サビのとこで上着がひらってなるやろ。あれもめっちゃカッコエエ」

言葉を重ねる周太が本当に嬉しそうで、秋楓はたまらずに彼の滑《なめ》らかな頬にキスをした。

あ、と小さく声をあげた唇をすかさず塞《ふさ》ぐ。

「んっ……」

歯列《しれつ》を割って舌を入れると、周太は喉を微かに鳴らした。温かく濡れた口腔《こうこう》を優しく、しかし熱心に愛撫する。

周太の舌がおずおずと動いた。なんとか応《こた》えようとするものの、うまくできなかったせいか、んん、とむずかるような声を漏らす。

周太さん、かわいすぎる。

秋楓と恋人になるまで誰とも付き合ったことがなかったという周太は、キスすら初めてだった。そのことを告白されたときの全身が痺《しび》れるような喜びは生涯忘れないだろう。

周太をソファに押し倒して思う様口内を味わった秋楓は、そっと唇を解放した。同時に、ゆっくりと目を開ける。

視界に飛び込んできたのは、真っ赤な顔でぷるぷると震えている恋人だった。

甘い吐息を漏らす唇は桃色に染まり、長めの前髪から覗く黒い瞳は羞恥《しゅうち》に潤んでいる。

じっと見つめられるのが恥ずかしかったらしく、慌てたように顔を両腕で隠した。が、小刻みに震える体までは隠せない。

刹那《せつな》、ぞくぞく、と背筋が震えた。

——やばい。すげえ興奮する。

「な、なかむらくん……?」

秋楓が黙り込んだのを不審に思ったのだろう、周太が少し怯えた声で呼ぶ。

またしても、ぞくぞく、と背筋に寒気にも似た快感が走った。

こんな風になるのは初めてではない。ステージ上であろうと情事の最中であろうと、ぷるぷる震える周太を見るのが好きなのは既に自覚している。

今まで考えたことすらなかったけど、俺はちょっとSっ気《け》があるんかも。

しかし周太にそのSを悟《さと》られるわけにはいかない。

もっとぷるぷるさせたい欲求を律してニッコリ微笑んでみせる。

「秋楓」

「え……?」

「エッチのときだけでも名前で呼んでくださいて、先週言うたやないですか」

「え、あ、うん……」

恥ずかしそうに頷いた周太の唇に、もう一度キスをする。

「ね、呼んでください」

「か……、秋楓君……」

伏し目がちに蚊《か》の鳴くようなか細い声で呼ばれ、胸の辺りで熱の塊《かたまり》が一気に爆発した。

この状況で君づけて、いかにも周太さんらしい。

「周太さん、ここでしてもええですか?」

周太はやはり震えながら頷く。躊躇《ためら》うことなくパジャマのボタンをはずしていくと、きゅ、と周太が拳《こぶし》を握るのがわかった。脱がされるのが恥ずかしい一方で、秋楓に触れてもらいたいとも思っているのだ。

露《あら》わになった乳首は淡いピンク色だった。何より魅惑的で美味《おい》しそうなそれを、そっと口に含む。あ、と周太は泣きそうな声をあげた。

三ヵ月経《た》っても全然慣れへん。

むしろ初めてのときより随分と敏感になった己の体に、羞恥が増しているようだ。

乳首に舌を這わせつつ、もう片方も指先でつまむ。

「っ、あ、んん……」

「声、我慢せんでええから」

「ん、ぅん」

周太は唇を噛んで首を横に振る。

「聞かしてください」

哀願しつつ、硬く尖った愛らしい乳首をきつく揉《も》む。

たちまち周太は甘い声をあげてのけ反《ぞ》った。

「あ、あっ……」

「うん、そう。声出した方が気持ちええでしょう」

「け、けど、は、恥ずかしい、から……」

「聞いてるんは俺しかいません。大丈夫」

他の誰でもなく、秋楓にこそ感じたままの声を聞かせるのを恥ずかしがっているとわかっていながら、優しく言い聞かせる。そして間を置かず、濃い桃色に染まったそれをきつく吸った。

「やっ、だめ」

「気持ち悪い？」

「え、ええけど、あ、あ」

「ぴくぴくしてますね。かわいい」

肌理《きめ》の細かい白い肌を撫でてやると、周太は身をよじった。もはやどこを触られても感じてしまうようだ。

こんなにぷるぷるしてる周太さんを見られるんは、俺だけや。

興奮を抑えきれず、滑らかな肌を撫でまわしながら乳首を幾度も吸う。

「そんな……、そんなに、吸うたらあかん……」

涙が滲《にじ》んだ甘い声で抗議した周太は、もじもじと腰を動かした。

ちらと見下ろすと、パジャマの柔らかな布を性器が押し上げている。胸への愛撫だけで高ぶってしまったらしい。

乳首を口に含んだまま腹を撫でた秋楓は、迷うことなく下着とズボンのゴムをかいくぐった。

既に立ち上がっていたそれに直《じか》に触れると、あぁ、と周太はまた嬌声《きょうせい》をあげる。

「もう濡れてますよ。とろとろや」

「や、そんなん、言わんといて……、あ、あっ！」

掌《てのひら》と指先を駆使して、乳首の色と同じ濃い桃色に染まった性器を激しく愛撫する。

「んっ、ぁん、だめ、だめっ」

切れ切れに甘い声を漏らした周太は、びくびく、と腰を揺らした。かと思うと、あっという間に極まる。いつもよりかなり早い自覚があったらしく、両手で顔を隠した。

しかし、汗に濡れて淡いピンク色に染まった体は無防備に晒《さら》されている。愛撫しているうちにズボンと下着が腿《もも》までずり下がったせいで、白濁《はくだく》をこぼす性器やその下にある膨《ふく》らみが全て見えた。

どこもかしこもめちゃめちゃエロい。

この淫《みだ》らに震える体を、己の欲望で貫《つらぬ》きたい。

一気に込み上げてきた欲望をどうにか抑《おさ》え、秋楓は頑《かたく》なに顔を隠している周太の掌にキスをした。ズボンを下着ごと抜き取りつつ、周太さん、と呼ぶ。

「顔、見せて」

周太は荒い息を吐きつつも、無言で首を横に振った。

「恥ずかしいですか？」

「ん……」

「そっか。顔が見れんのは残念やけど、周太さんの、このとろとろになったカワイイのはよう見えるから、我慢します」

わざと優しく囁いて先端を撫でてやる。

周太は慌てたように手を下へやった。

「いや、いやや……！　見んといて……！」

「なんでですか？　こんなにカワイイてエロいのに」

周太が一番感じるやり方で摩《さす》ってやると、一度達したそれはみるみるうちに力を取り戻す。

あ、あ、と色めいた声をあげた周太は、羞恥に耐えきれなかったのか再び顔を覆った。

それを合図に膝を持ち上げ、脚を大きく広げさせる。

たちまち露わになった窄《すぼ》まりが、ひくひくと蠢《うごめ》いているのが見えた。赤く染まっているのは、きっと風呂場で念入りに洗ったからだ。

俺に入れてもらうために、きれいにしたんや。

もしかしたら、奥まできれいにしようと指も入れたかもしれない。

愛しさと欲望と興奮がないまぜになり、秋楓は躊躇うことなくそこに口づけた。

「やっ！　か、かえでく、やめ、そんなとこ……！」

指で解《ほぐ》したことは何度もあるが、口でするのは初めてだからだろう、周太はなんとか逃れようと足をばたつかせる。

秋楓は両手でしっかりと足を押さえ、中に舌をねじ込んだ。

「いや、入れたらあかっ……、汚い、汚いからっ……」

抗議してきた声は、しかし快楽に濡れている。

中もひっきりなしに淫らな収縮と弛緩《しかん》をくり返していた。やはり指を入れたらしく、一週間ぶりなのに柔らかく綻《ほころ》んでいる。熱心に舐《な》めまわすと、きゅうと舌を締めつけた。

「あん、だめ、だめ」

淫靡《いんび》な蕾《つぼみ》をたっぷり潤《うるお》して開花させた秋楓は、ゆっくりと口を離した。

更に濃い色に染まったそこは、ひく、ひく、と不規則に蠢いている。視線を上げると、細身の性器が再び反り返っていた。荒い息を吐く顔は真っ赤で、大きな瞳は快楽の涙で潤んでいる。

あまりに扇情的《せんじょうてき》な眺めに、ただでさえ熱くなっていた下半身に火がついた。急いでスウェットの前を寛げる。

「入れますね」

掠れた声で告げた秋楓は、綻んだ場所に己の劣情をあてがった。

あ、と小さく声をあげた周太にかまわず、そのまま一息に押し入れる。

「あぁっ……！」

衝撃の強さに耐えきれなかったらしく、周太は顎《あご》を反らした。

根元まで受け入れてくれたものの、秋楓の欲を包み込むにはまだ充分に解れていない。が、蕩《とろ》けた内壁の健気《けなげ》な蠕動《ぜんどう》は、確かに伝わってくる。

気を抜くとすぐに達してしまいそうで、秋楓は喉を鳴らした。

――やばい。めちゃくちゃ気持ちいい。

「周太さん、動きますよ……」

激しく突き上げたくなる衝動を抑えつけ、できる限り優しく囁く。

周太が頷く前に、秋楓はゆっくり腰を引いた。たちまち内壁が、秋楓が出て行くのを阻止《そし》しようとするかのようにうねって絡《から》みついてくる。

「あぁ、あっ……」

周太は泣き声に近い嬌声をあげた。どうやら内側の艶《なま》めいた動きも、官能的な腰の揺れも、自分の意思でやっているわけではないらしい。

つまり、周太さんの体そのものが俺をほしがってるてことや。

背筋がぞくぞくするほどの喜びに震えながら、秋楓は奥まで突き入れた。

体を開かれる感覚に耐えきれなかったのだろう、周太はまたのけ反る。

「気持ち、いいですか……?」

「ん……、ぅん……」

周太はぽろぽろと涙をこぼしつつ、しかし何度も頷いた。先ほど思う様吸って弄《いじ》った乳首は、もう触れていないのに硬く尖っている。彼の劣情も、萎《な》えるどころか充溢《じゅういつ》してしとどに濡れていた。

ただでさえぷるぷるしてはってカワイイのに、その上めちゃめちゃエロいてどういうことや。

息があがるのを自覚しながら、秋楓は再びぎりぎりまで引き抜いた。間を置かず、今度は周太の感じるところを意識しながら押し入る。

たちまち周太は色を帯びた声をあげてのけ反った。

「ぁあん！　だめ、そこ、あぁ……！」

ぎゅうと締めつけられて我慢ができず、律動を早める。

抜くのも貫くのも、奥深くまで入れて揺さぶるのも、信じられないほど気持ちがいい。周太の真っ赤に染まった顔や淫らに悶《もだ》える肢体《したい》、そして感じたままの甘い嬌声が、快感を何倍にも膨らませる。

「周太さん、周太さん……！」

「あは、あか、いく、いっちゃ……！」

一際強く突き入れると、周太の劣情が弾《はじ》けた。同時に、中が激しくうねる。

わずかに遅れて、秋楓も周太の中で極まった。

秋楓以外の誰も触れたことがない場所をたっぷり潤されるのがわかったのだろう、あ、あ、と周太が掠れた悲鳴をあげる。

たまらない愛しさが込み上げてきて、秋楓は赤く染まった唇にかぶりついた。んん、とむずかるような声をあげたものの、周太は貪《むさぼ》るような口づけを拒まない。それどころか、ぎこちないながらも舌を動かして懸命に応えてくる。

その健気で淫靡な動きに、再び欲望に火がついた。

一度では到底足りない。まだもっと、何度でもしたい。


「中村、はよーす」

背後から声をかけられ、秋楓は振り返った。

欠伸《あくび》をしながら歩み寄ってきたのは、同じ学科の男子学生、熊田《くまだ》だ。

うす、と返すと、熊田はなぜか眩《まぶ》しげに目を細めた。

「うわ、なんかおまえキラッキラしてんなあ」

「そうか?」

首を傾げたものの、キラキラして当然や、と思う。

昨夜《ゆうべ》の周太さん、ほんまにかわいかった……。

ソファでもう一度した後、ベッドへ移動して更に抱いた。与えられる快感が強すぎたのだろう、周太は秋楓にしがみついてすすり泣いた。最後には好きですすと囁いただけで、震えながら達した。すき、おれもすき、と舌足らずに返す周太がかわいくてたまらなくて、濡れ尽くした体をきつく抱きしめた。

今朝、目を覚ましたときもやたらとかわいかった。昨夜の嬌態《きょうたい》が恥ずかしかったらしく、布団に潜《もぐ》り込んでなかなか出てこなかったのだ。こんもりとした布団の山に、周太さんに俺が作ったご飯食べてもらいたいです、とにやけながら声をかけると、そろりと顔を出した。周太さんが好きな甘い玉子焼きですよ、一緒に食べましょう。ニッコリ笑って駄目押しすると、恥ずかしそうに、そしてさも嬉しそうに笑った。

なんで周太さんはいちいちあんなにかわいいんや……。

かわいさで殺されると思ったのは周太が初めてだ。

今まで誰も彼の愛らしさに気付かなかったのは、秋楓にとっては最大の幸運だった。

「ただでさえイケメンやのに、無駄にキラキラしやがって腹立つわ……。どうせカノジョといちゃいちゃしまくったんやろ」

大きなため息を落とした熊田と並んで歩き出す。大学の友人たちにはカムアウトの機会がなかったのでゲイだと告白していないから、熊田は秋楓の恋人は女性だと思っているのだ。高校の友人でも、知っているのは富永をはじめ数人だけである。

よく晴れた秋晴れの空とは反対に、熊田の表情は暗い。

「なんや、東京のカノジョとケンカでもしたんか?」

大阪出身の熊田は高校の同級生と付き合っている。ただ、彼女は東京の大学へ進学したので、遠距離恋愛中だ。

「ケンカはしてへんけど、ちょっともやっとしてる」

「なんでや」

「昨日カノジョに会いに行ってきたんやけど、東京で就職したいみたいやねん。てっきり帰ってくるもんやと思てたのに……」

秋楓は熊田の恋人に会ったことがない。が、彼の話を聞く限りでは、付き合いが長いせいか物凄くラブラブではないものの、お互いを思いやっている雰囲気が感じ取れた。

就職活動が少しずつ視野に入ってきて、その関係に変化が表れたのだろうか。

「おまえはこっちで就職希望なんか？」

うんと力なく頷いた熊田に、秋楓は落ち着いた口調で言った。

「関西で就職したって東京勤務になるかもしれんやろ。逆にカノジョが東京で就職しても、関西勤務になるかもしれんし。遠恋《えんれん》になるかどうかは就職してみんとわからんのとちゃうか？」

「そうなんやけど、気持ちの問題っちゅうか。最初から東京でって言われたら、こっちに帰ってきとうないみたいやないか……。もしかしたら、向こうで好きな男ができたんかも……」

「それはさすがに飛躍しすぎやろう。昨日、冷めた感じやったんか？」

「いや、冷めてたとかはなかった。と思う。たぶん」

はー、と熊田はまたため息を落とした。

「どんだけ毎日スカイプで話してても、やっぱり直接会《お》うてしゃべるんとは違うからなあ。その点、中村は近距離やからええよな。相手におかしいとこがあったらすぐ気付けるやろ」

「相手によるんとちゃうか？　まあ俺の場合は、めっちゃ素直で真面目な人やから、ちょっとでも変化があったら一目でわかる思うけど」

周太が嘘をつけるとは到底思えない。よしんば嘘をつけたとしても、きっとしどろもどろになって顔も真っ赤になるだろうから、早々に嘘だとばれるだろう。

いや、逆に真っ青にならはるかもしれんな。

それはそれで可愛らしいに違いないので、見てみたい気もする。

「……おまえがラブラブなんはようわかった」

じろりとにらまれて、え、と思わず声をあげる。

「なんや、いきなり」

「いやー、もうな。にやにやしすぎ。顔にベタ惚れで幸せですーて書いたあるから」

「マジで？」

秋楓が思わず自分の頬を撫でたそのとき、中村先輩！　と声がかかった。

振り返ると、キャー！　と黄色い悲鳴があがる。一塊になって騒いでいるのは、見覚えのない女子学生三人だ。

「学祭のたづくりーずのステージ、楽しみにしてます！」

「絶対見ますからがんばってください！」

「応援してます！」

口々に言われて、ありがとうと秋楓は笑顔で応じた。

はしゃぎつつ走っていく三人を見送っていると、熊田がまたため息を落とす。

「中村、あんまり女子に声かけられへんようになったかわりに、アイドル的な人気が出てきたよな。たづくりーずの中でも一番人気っぽいし」

「そういやコクられたり誘われたりは減ったけど、何回かサインくれて頼まれたわ」

ほんまもんのアイドルやないからサインとかないねんと断ったものの、どうしてもと粘《ねば》られ、仕方なくサインっぽいものを書いた。

「それやったらDMもバンバンくるんとちゃうか？」

「いや、公式のSNSは田造の職員さんが管理してはるから、俺にはようわからん」

若い層には絶大な効果があるからと、「たづくりーず」の公式のインスタグラムとツイッターは周太が頻繁《ひんぱん》に更新している。メッセージや写真の素朴な感じがいいと、なかなか評判のようだ。ときどき、DMで応援メッセージがきたで、と見せてもらっている。

「中村個人のSNSには来《け》ぇへんのか？」

「俺、鍵アカしか持ってへんから」

高校のときは周囲に合わせてインスタグラムもやっていたが、面倒になって放置してしまっている。秋楓は好きなものに関しては労《ろう》を厭《いと》わないが、それ以外に対してはマメではない。

なるほどなー、と熊田は感心した。

「中村はそういうとこ、ナニゲに賢いよな。田造の人もSNSを熱心にやってへん方が、変に炎上したりせんから安心やし」

あーあ、と熊田はまたしても盛大にため息を落とす。

「最初はなんで大実やのうて田造のアイドルやねんて思たけど、今になったらおまえの狙いがようわかるわ。いろいろ恵まれた大実でアイドルやっても、町おこしのサンプルとしては役に立たんもんな。田造みたいな、言い方は悪いけど何もない田舎の方が、アイドル企画の効果を見るサンプルとして適してる。これで卒論も楽勝。カノジョともラブラブ。俺とは大違いや」

いつもはあっけらかんとしている熊田が、こんな風に愚痴《ぐち》っぽくなるのは珍しい。よほど恋人が東京で就職すると言ったのを気にしているのだろう。

秋楓はできるだけ刺激しないように、淡々と言い返した。

「言うとくけど、卒論のためだけに田造のご当地アイドルに応募したわけやないぞ」

「そしたら何のためやねん」

「おもしろそうやったからや」

本当のことを言っただけだったが、ええっ！　と熊田は驚きの声をあげた。

「どこがおもしろいねん。たまたま桜庭洋祐が作詞作曲したから話題になったけど、それがなかったらコケてた可能性大やろ。同じアイドル企画をやるんやったら、予算がたっぷりとれる大実の方がいろいろできそうやないか」

「俺は予算がない方がおもしろい思うけどな」

「なんでやねん。金がなかったら何もできんやろ」

「金でできることは、金を活かす能力さえあれば誰でも、何でもできる。けど金でできることは、所詮《しょせん》金でできることでしかない。想定の範囲を超えへん。予算がないからこそ、新しい物が生まれると俺は思う」

「ええー、そうか……？　おまえイケメンに隠されてわかりにくいけど、けっこう変わってるよな。俺にはようわからんわ」

熊田があきれたような声を出したとき、おはようと声をかけられた。校舎の前に造られた噴水の傍に、やはり同じ学科の友人たちがたむろしている。

おはようと返して彼らと合流しつつ、秋楓は五年ほど前に建て替えられた立派な校舎を見上げた。明治時代に専門学校として設立された市立大学の構内には、当時のままの建物がいくつか残されているものの、それ以外は比較的新しい。

古くても歴史的な価値のある物は残し、保存する。一方で、それ以外は新しい物にどんどん変えていく。大学だけでなく、大実市全体がそうした方針の元に動いている。

古い物を大事にするのは素晴らしい。だからといって古い物ばかりにこだわらず、新しい物を積極的に取り入れるのも素晴らしい。——と、大多数の大実市民はもちろん、大実市民以外の人たちも考えているようだ。市長を務める父も同じ考えである。

秋楓もその考えに異論はない。歴史的遺物や伝統の保存は大事だ。一度失われてしまったものは、二度と元には戻らないのだから。

しかし同時に、幼い頃から違和感を抱いていた。

歴史的価値がなければ壊していいのか？　そもそも今現在の価値観で、歴史的価値のあるなしを判断していいのか。

大実市のやり方は意外性がなくて面白みが感じられず、傲慢《ごうまん》な気がした。今まで秋楓のように考える大実市民に出会ったことがないから、確かに変わっているのかもしれない。

社会学部に入って地方経済を研究するゼミを選んだのは、父のように政治家になりたかったからではない。ずっと抱《いだ》いてきた違和感を、自分なりに整理したかったからだ。田造市のアイドル企画に興味を持ったのも、自ら価値ある物を生み出そうとする姿勢が窺えたからである。

そこに傲慢さは感じられなかった。

責任者の周太さんも、一生懸命の塊みたいやったし。

周太が田造市のために一生懸命なので、自然と秋楓も田造への愛着が湧《わ》いた。全国区の有名人はいなかったものの、地味に人材豊富なところもおもしろかった。

今となっては、己の変わった考えに感謝している。大実市に違和感を覚えていなければ、田造市のアイドル企画に応募することはなかったたし、かわいすぎる恋人に出会うこともなかった。

自分にSっ気があることも気付かんかったやろうしな……。

二十歳《はたち》になってもまだ、自分が知らなかった自分を発見できるなんて、想定外でおもしろい。

改めて、田造市のアイドル企画に参加してよかったと思う。

何もかもが退屈とはほど遠い。新鮮で楽しいことばかりだ。

その週の土曜、午前中に課題のレポートを片付けた秋楓《かえで》は昼すぎに家を出た。

田造《たづくり》市までは自転車で約二十分。今から周太《しゅうた》に会えると思うだけで、ペダルを漕《こ》ぐ足は信じられないほど軽くなる。おまけに今日は朝から晴天だ。水色の空の下、ひんやりとした風を受けて走るのは気分が良い。

ラジオの収録は午後三時からだ。周太がラジオ局に渡された進行表を送ってくれたので、だいたいの流れは頭に入っている。

来週の土曜は大学の学祭に、日曜は田造市の文化祭に出る予定だ。

ちなみに学祭には、大実《おおみ》市の女性アイドルグループ——男性グループか女性グループにするか議論した結果、田造市と被《かぶ》るのを避けたのか女性グループになったという——を呼ぶか、「たづくりーず」を呼ぶかで実行委員会が揉《も》めたらしい。結局、一日目に「たづくりーず」が呼ばれ、最終日に大実市のアイドルが呼ばれた。

ちなみに大実市のアイドルグループも人気がある。予算が潤沢《じゅんたく》にあるため、MVもグッズも衣装も、なまじな地下アイドルよりよほど豪華で本格的だ。

けど全部、想定内や。

そらそんだけ金をかけたら豪華になるやろうし、人気も出て当然やろ、としか思えない。

グッズのおまけが「たづくりにぎり」の割引券、の方が、いかにもご当地アイドルっぽい脈絡のなさと手作り感があって、ずっとおもしろい。

快調に自転車を走らせたせいか、予定より早く田造市に到着した。ラジオ局がある駅前の通りに入ると、歩道にいた高校生らしき女の子たちが手を振ってくる。

「中村《なかむら》君や！　中村くーん！」

「え、マジで？　本物？」

「やばい、かっこいい！」

ニッコリ笑って軽く手を振り返す。営業用スマイルだ。

キャー、という嬉しそうな声を背中で受け止めつつスピードを落とす。

まだ早いけど、どうしよう。

どこかで時間を潰そうと辺りを見まわすと、ふと雑居ビルの一階に目がとまった。少し前まで工事中だったそこには、いつのまにか洒落《しゃれ》たカフェがオープンしている。

通りに面した壁がガラス張りになっており、中がよく見えた。

あ、周太さんや。

周太は窓際の席に腰かけていた。市役所の上着に綿のパンツ、スニーカーといういつもの仕事の格好である。

向かい側には大柄な男が腰かけていた。切れ長の目が印象的な、精悍《せいかん》な男前だ。ジャンパーを羽織《はお》っていても、鍛《きた》えられた体つきであることは容易に見て取れた。年は周太と同じくらいか、あるいはもう少し年上か。

テーブルの上にはコーヒーカップが置かれているが、二人に笑顔はなかった。真面目な話をしているらしい。

――あれ、誰や。

今日までアイドル活動をする中で出会った人たちを思い浮かべる。周太の小中高校時代の同級生、周太の実家の和菓子店『いしやま』がある商店街の住人、市役所の職員、商工会議所の職員、取材に来た記者。

しかし、誰一人として当てはまらない。

自転車を停めて様子を窺っていると、周太は熱心に何度も頷く。これ以上ないくらい真剣だが、ぷるぷるはしていない。

周太さんのああいう顔と雰囲気、初めて見るかも……。

我知らず固まった秋楓の視線の先で、周太に向かって話していた男が頬を緩《ゆる》めた。そして元気づけるように、周太の肩を叩く。

すると周太は嫌がる様子もなく、ほっとしたように笑った。

ドキ、と心臓が跳ねる。

周太が普段、あんな風に安心した顔をするのは秋楓と、強《し》いて言うなら根津《ねづ》の前だけだ。

マジで誰やねん、あいつ。


「えー、それでは早速《さっそく》、今日のゲストを紹介します！　田造市のご当地アイドル、たづくりーずのお二人です！」

パチパチパチ、とパーソナリティの女性が勢いよく拍手をする。

こ、こんにちは、よ、よろしくお願いします、と周太はつっかえながら挨拶《あいさつ》した後、深々と頭を下げた。秋楓もよろしくお願いしますと続ける。

「わー、本物ですよ！　本物のたづくりーずさんです！　私、ステージで歌《うと》てはるとこを遠くから見たんと、あとは動画でしか見たことなかったから感激やわあ。今日はお二人なんですね。根津さんは……？」

「し、仕事が、ありまして……。せっかく呼んでもろたのに、二人だけで、申し訳ありません」

焦《あせ》ったようにペコリと頭を下げた周太に、いえいえ、とパーソナリティは明るく応じる。

周太さん、やっぱりぷるぷるしてはる。

公開収録ではないものの、三十代半《なか》ばの女性パーソナリティの他、ブースの外にはラジオ局のスタッフが数人いる。慣れない状況に緊張しているのだ。

ラジオ局の前で会ったとき、周太は既にガチガチになっていた。生放送やないですから大丈夫ですよと励《はげ》ますと、ぷるぷるしつつも、うんと頷いた。

「皆さん、それぞれお仕事しながらアイドルをやっておられるんですから、お忙しいて当然です。そういうとこがご当地アイドルならではで、また楽しいと思いますよ。中村さんは学生さんですよね」

「はい、大学二年です」

「現役DKアイドルですよ、皆さん！　カッコイイなあ。石山《いしやま》さんは田造市役所の職員さんなんですよね」

「は、はい。観光企画課に、勤めてます」

「生憎《あいにく》リスナーの皆さんには見えませんが、今日の石山さんは市役所の上着を着てはります。前髪も下ろしてはって、誠実そうで安心感がありますね！　あー、私石山さんにめっちゃ戸籍抄本《しょうほん》出してもらいたいー」

どっとスタッフから笑いが起きる。

周太は頬を赤く染め、照れたように笑った。

うん、やっぱり物凄《ものすご》くかわいい。

「石山さんには、たづくりーずのメンバーとしてだけやのうて、たづくりーずの企画担当者の職員さんとしてもお話を伺いたいと思います。まずは、たづくりーずがどんなグループなのか説明していただけますか？」

はい、とぎこちなく頷いた周太は、手許《てもと》のメモに視線を落とした。あらかじめ回答を用意してきたらしい。パーソナリティがうまく誘導してくれるおかげで、時折つっかえながらも順調に質問に答えていく。

一見すると、特に変わった様子はない。

けど、あの男としゃべってはった周太さんは、いつもとは違《ちご》た。

あんなに真剣に何を話していたのだろう。心底安堵した表情を浮かべたのはなぜなのか。

ていうかそもそも、あの男は何者なんや。

――まさか浮気とか？

否、それは絶対にありえない。

今日までスマホで何度もやりとりしたが、おかしな素振りは全くなかった。

そうや。周太さんは嘘をつけるような人やないし、浮気するような人でもない。

「中村君」

小さく呼ばれると同時に、横からそっと腕を叩かれる。

「え？　あ、はい。何ですか？」

ハッとして尋ねると、周太は安堵の表情を浮かべた。が、すぐにパーソナリティに向き直り、すみませんと言いたげに頭を下げる。

彼女は気を悪くした風もなくニッコリと笑った。

「中村さんも緊張しておられるんかな。もっと楽にしていただいて大丈夫ですよ。取って食べたりしませんから！」

どうやら質問されたのを聞き逃《のが》したらしい。周太の様子を見るのに集中しすぎてしまった。すみません、と慌てて謝る。

今は収録中や。集中せんと。

「たづくりーずさんの動画、たづくりで会いましょう以外も再生回数が上がってますよね。特に中村さんが出演されてる、田造市を案内する動画とか農業体験の動画は、デート気分が味わえるって人気です。ご本人もデートしてる感じを意識されたんですか？」

改めて質問され、秋楓は気を引き締めつつ、しかし笑顔で答えた。

「特にそういう意識はしてなかったです。でも、あの動画で田造市に興味を持ってもらえたら嬉しいです」

「それは興味津々《しんしん》でしょう！　ファンにとったら、中村さんが行った場所に行ってみたいっていうのは当然あると思いますよ。聖地巡礼ですね」

「そんな大袈裟《おおげさ》なもんやないと思いますけど」

「大袈裟やないですよ。凄くファンが増えてますから！　中村さんは学生さんですけど、学生生活とご当地アイドルの両立は大変やないですか？」

「いえ。町おこしの勉強になりますし、普通に学生やってたら経験できんことを経験さしてもらえて楽しいです」

「なるほど、確かに他ではできない体験ですね」

はい、と頷いてみせると、珍しく周太が自《みず》ら話に入ってきた。

「な、中村君には、私が頼りない分、ほんまにいろいろ助けてもろてます。どっちが年上かわからんぐらいで」

「それは頼もしいですね！　でも、石山さんは頼りないことないですよ。今少しお話を聞いただけでも、田造市のことを一生懸命考えておられるなって思います」

パーソナリティの明るい口調に、ありがとうございますと周太は赤くなりつつ礼を言った。緊張のせいかしっとり濡れた黒い瞳が、心配そうにこちらを見つめる。

――周太さんに気を遣わせた。

初対面のパーソナリティはともかく、周太には秋楓がいつもと違うとわかったのだろう。

秋楓は膝の上に置いていた拳《こぶし》をぎゅっと握りしめた。

こんなん初めてや。しっかりせんとあかん。

勝手にあれこれ想像していても仕方がない。この収録が終わったら、あの人は誰ですかと直接尋ねてみよう。


収録は三十分ほどで終了した。

「たづくりーず」についてだけでなく、農業体験企画や「たづくりにぎり」や商店街の宣伝もできたのがよかった。実際の放送ではオープニングとエンディングで「たづくりで会いましょう」を流してくれるという。

周太と共にラジオ局が入っている建物を出ると、早くも日が傾きかけていた。風がひんやりと冷たい。

「中村君、お疲れ様。今日は来てくれてありがとう」

律儀《りちぎ》に頭を下げた周太に、秋楓はいいえと首を横に振った。

「周太さんこそ、お疲れ様です。収録、うまいことといってよかったですね」

うん、と周太は素直に頷く。

嬉しそうだ。かわいい。

周太に気遣われていると悟《さと》って冷静さを取り戻したおかげで、それ以降はいつものようにスムーズに話すことができた。周太のフォローもできたと思う。

周太さんが気になりすぎて、肝心《かんじん》の周太さんに心配させるなんて、本末転倒や。

自転車を引いた秋楓は、周太と並んで歩き出した。

「周太さん、ちょっと聞いてもええですか?」

「うん、何?」

「今日、約束の時間より早めにこの通りに着いたんです。そのときに偶然見たんですけど、周太さん、あそこのカフェで誰かと話してはりましたよね」

少し先にあるカフェを指さすと、周太は体を強張《こわば》らせた。

見下ろした横顔には動揺の色が見える。

周太の変化に、秋楓も動揺した。

え、もしかしてほんまに浮気とか?

周太さんに限って、まさか!

「周太さん?」

「……あ、えと、うん、あの、しゃべってた」

「誰としゃべってたか、聞いてもいいですか?」

できる限り穏やかに尋ねると、周太は慌てたように頷く。

「こ、高校のときの、同級生や。田造に異動になったて聞いて、久しぶりに会おかって話になって……」

「部活動で一緒やったとかですか？」

「ううん、俺は科学部やったけど、北澤《きたざわ》君は柔道部やったから……。い、一年と、二年のときに、同じクラスやってん」

あの男、北澤ていうんか……。

精悍な面立《おもだ》ちのマッチョな男が脳裏《のうり》に浮かんだ。

周太は嘘をついていないと思うが、彼が高校を卒業して六年近くが経《た》っている。部活もタイプも異なるただのクラスメイトだった男と、わざわざ会う約束をするだろうか。

それより何より、ただのクラスメイトに、心底安心した笑顔を見せるだろうか？

「北澤さんと仲良かったんですか？」

嫉妬を押し隠して尋ねると、周太は首を傾《かし》げた。

「仲ええていうか……。北澤君は、柔道部のレギュラーで、主将で、俺みたいな地味で目立たん奴にも、気さくに話してくれて……。ええ人やねん」

訥々《とつとつ》とした素朴《そぼく》な物言いに、秋楓はムッとした。

俺かて高校んとき、テニス部のレギュラーでキャプテンやった。

子供じみた対抗心を抑えつけ、秋楓は努めて笑みを浮かべた。

「久しぶりやったら、話も弾《はず》んだでしょう」

えっ、と周太はまた声をあげた。みるみるうちに頬が赤く染まる。

かと思うと眉間に皺《しわ》が寄り、ぷるぷるし始めた。

「北澤さんと何かあったんですか？」

今度は心配になって尋ねると、ううん！　と周太は強く首を横に振る。

「だ、大丈夫や。何もないで」

「けど……」

「ほんまに、大丈夫や。中村君は、何も心配せんでええからな！」

こちらを見上げてきっぱり言った周太の勢いに押され、はい、と思わず頷く。

すると周太は頬を赤くしたまま、うんと大きく頷いてみせた。

「ご飯食べて帰ろ。久しぶりに、ヨシダでハンバーグ食べよか」

「え、あ、はい」

「今日は、俺の奢《おご》りな！　あ、ハンバーグの他にも、食べたいもんあったら何でも言うて！」

口では威勢《いせい》の良いことを言いながらも、周太はやはりぷるぷるしている。

テンパっているというよりは、精一杯がんばっている、という感じだ。こんな周太も初めて見る。

中村は近距離っぽいからええよな。相手におかしいとこがあったら、すぐに気付けるやろ。

ふいに熊田《くまだ》の言葉が耳に甦《よみがえ》った。

同時に、自分の答えも思い出す。

まあ俺の場合は、めっちゃ素直で真面目な人やから、ちょっとでも変化があったら一目でわかる思うけど。

俺はアホや。

たとえ変化に気付けたとしても、変化の原因がさっぱりわからないのでは意味がない。


周太にいったい何があったのか。

北澤とどんな話をしたのか。

考えてわかることではないのに、気が付けば考えてしまう。

土曜日、洋食店で一緒に夕飯を食べた。周太の好物であるハンバーグは、いつも通り肉汁たっぷりで美味《おい》しいはずなのに、あまり味がしなかった。

周太はといえば、まるで己《おのれ》を奮い立たせるかのように、勢いよくハンバーグを頬張《ほおば》った。そして遠慮する秋楓に奢ってくれた。

その日の夜は、翌日に仕事がある周太を気遣って触るだけの行為をした。周太は少しも嫌がらず、素直に体を預けてくれた。相変わらず恥ずかしがってぷるぷるする様は、たまらなくかわいかった。

日曜から木曜までスマホでやりとりしたが、やはり後ろめたい感じは全くなかった。それどころか、いつもより返信が早かった。思い切って、何か俺に話したいことはありませんかと尋ねると、大丈夫！　中村君は何も心配せんでええからな！　と土曜日に言われたのと同じメッセージが返ってきた。

とりあえず、浮気の線はなさそうやけど……。

周太はとてもかわいい。しかも真面目で素直で一生懸命だ。

今まで誰も彼の良さに気付かなかったと思っていたが、もしかしたら北澤は気付いていたのではないか。

俺が気付いたんやから、他に気付く奴がいてもおかしいない。

周太のアイドル姿を見て彼の可愛らしさを再認識し、わざわざ会いに来たのかもしれない。

北澤がアイドル活動を褒《ほ》めたとしたら、責任者である周太が安堵の表情を浮かべたのも合点《がてん》がゆく。

「どうした、中村。怖い顔して」

肩を叩かれて、秋楓は我に返った。見上げた先にいたのは熊田だ。

場所は大学の構内にあるカフェである。金曜の今日、二限が急に休講になったので、ここで時間をつぶすことにした。遠くから、カン！　カン！　と聞こえてくるのは、ステージやテントを設営する音である。

明日から学祭が始まるのだ。大学全体がそわそわとした落ち着かない空気に包まれている。

「熊田、悪かった」

「え、何が？」

「俺はおまえに偉そうなことを言える立場やなかった」

「何のことや」

「近くにいても、わからんもんはわからん」

真面目に言うと、ああ、あれか、と熊田は納得したように頷いた。

好奇心半分、心配半分、といった顔で隣に腰を下ろす。

「何や、カノジョに何かあったんか？」

「せやからわからんのや」

「あ、そうか。ごめん」

熊田は素直に謝った。俺には偉そうに言うたくせに、とからかったりしないのは、秋楓がそれだけ落ち込んでいるように見えるからだろう。

「まあでもおまえは、会おう思《おも》たらすぐに会えるやろ。何があったんやて直接確かめたらええやんか」

「一応聞いてはみたんや」

「カノジョは何て？」

「心配ないて」

秋楓の答えに、熊田は眉を寄せた。

「えーと、それはどういう意味？　何が心配ないんや」

「せやからわからんのやて」

「あ、そうか。ごめん」

先ほどと全く同じやりとりになってしまった。

ため息を落とすと、熊田が遠慮がちに尋ねてくる。

「カノジョの友達とか知り合いには探り入れてみたか？」

「いや」

「そしたらそっちにさりげなく聞いてみたらどうや」

パッと思い浮かんだのは根津逸郎《いつろう》の顔だ。

彼なら何か知っているかもしれない。しかし。

「そんなん聞いたら、俺が相手を信用してへんみたいやろ。直接本人に聞けて言われるんがオチや」

「そうか？　付き合《お》うてるからこそ話せへんこともあるかもしれんやろ。知らんけど」

恐らく大阪人の伝家《でんか》の宝刀《ほうとう》だと思われる、「知らんけど」をしれっと付け足した大阪出身の熊田は、バンバンと秋楓の背中を叩いた。

「まあそう落ち込むな。明日の学祭に誘《さそ》てみたらどうや。俺もカノジョとちゃんと話そう思て来週東京へ行くて連絡したら、学祭見たいし自分がそっちに行くて言うてくれてん」

「そらよかったやないか」

まあな、と熊田は嬉しそうに頷く。わざわざ東京から来てくれるということは、熊田の恋人も直接話したいと思っているのだろう。

周太には明日の午後、学祭のステージで会えるが、二人で話す時間がとれるかどうかはわからない。午前中はテニスサークルの出店《でみせ》の店番をしなくてはいけないし、午後もステージが終わったら片付けを手伝う必要がある。

たとえ学祭のステージが終わっても、周太は明後日《あさって》の市の文化祭のステージのことで頭がいっぱいだろう。明日の夜もゆっくり話せるかどうかわからない。

「熊田、俺、今日は三限で帰るわ」

「へ？　ああ、わかった。けど学祭の準備はええんか？」

「話聞いたら、もう一回戻ってくる」

「おう、そうか。がんばれ」

再び背中を叩かれ、秋楓は頷いた。

根津さんには聞けんとしても、もう一人話を聞けそうな人がいる。

周太の姉、汐莉《しおり》だ。

彼女なら、周太の高校時代のクラスメイトである北澤について何か知っているのではないか。


周太が一人暮らしをしているマンションにはほとんど毎週通っているものの、周太の実家である和菓子店『いしやま』を訪れるのは約三週間ぶりである。

『いしやま』の和菓子はとても美味しい。なんといっても餡子《あんこ》が旨《うま》い。甘すぎず、かといって物足りないわけではなく、柔らかすぎず硬すぎず滑《なめ》らかで、まさに理想の餡子だ。母と姉と妹も、今ではすっかり『いしやま』のファンである。豆大福を買って帰ると、ダイエットしてるのになんで買《こ》うてくるねん、と文句を言いつつ、一人二つはぺろりとたいらげる。

『いしやま』の前には、前回来たときにはなかったのぼりが立っていた。

秋限定、栗《くり》ようかん、芋《いも》ようかん。

どちらも普段なら飛びつくが、今は食欲が湧かない。

とにかく何か買《こ》うて、汐莉さんと世間話に持ち込もう。

一人決めて自転車を降りたそのとき、『いしやま』から若い男が出てきた。

カフェで見た鍛えられたマッチョな体格――北澤だ。

店内に向かってペコリと頭を下げた彼は、秋楓がいる方へ踵《きびす》を返した。秋楓の顔を見て、ほんの一瞬、あ、という顔をする。かと思うと軽く会釈《えしゃく》をして早足で歩み去った。

ざわ、と体の芯《しん》が震える。

なんやねん、今の、あ、ていう顔は……。

秋楓が「たづくりーず」のメンバーだと知っていたとしても、驚くことはないだろう。ていうか、あいつ周太さんの実家にまで出入りしてるんか？

そこまで親しいのか。

もしかして、周太の実家へ来ていることを、周太と付き合っている秋楓に知られたくなかった？

素早く自転車を停めた秋楓は、勢いよく『いしやま』へ飛び込んだ。

「いらっしゃいませ、あ、中村君、いらっしゃい」

出迎えてくれたのは周太の姉、汐莉だ。こげ茶色の三角巾《さんかくきん》に甚平《じんべい》という地味な格好で、化粧っ気もないが、はっきりとした目鼻立ちは華やかさを失っていない。

「こんにちは。あの」

今の男、何しに来たんですか、と問い詰めそうになった口を咄嗟《とっさ》に噤《つぐ》む。

いきなりそんなことを聞いたら不審に思われてしまう。

幸い店内に客はいない。焦《あせ》らずゆっくり聞けばいい。

「豆大福六つと芋ようかんを持ち帰りで六つください。あと、芋ようかんをここで食べていいですか？」

愛想《あいそ》よく応じた汐莉は、早速イートインの準備を始めた。

店の隅にある椅子に腰を下ろした秋楓は、ふとガラスケースの上に並べられた「たづくりにぎり」に目をとめた。たづくりーずのステッカーが貼ってあり、美味しいよ！と手書きの吹き出しがついている。

「たづくりにぎり、売れてますか？」

「まあまあやな。ハマる人はめっちゃハマるみたいで、何回も買《こ》うてくれはるお客さんもいてはる。はい、お待たせ」

小さな盆に載った黄金色《こがねいろ》の芋ようかんと緑茶がテーブルに置かれた。

「明日、学祭のステージがあるやろ。周太がミスしたらフォローしたってな。頼むわ」

おしぼりで手を拭《ふ》いていた秋楓は、はいと素直に頷いた。汐莉は周太とは正反対の、自己主張の強いきつい性格だ。周太のおとなしさが彼女にはもどかしく、ときには苛々《いらいら》するらしく、容赦《ようしゃ》のない物言いをする。

しかし秋楓には、汐莉なりに弟を心配しているのがわかる。もうちょっと優しい言い方したら周太さんにも心配が伝わるのに、と思うこともしばしばだ。

口に入れた芋ようかんは、ほどよい甘さだった。それほどねっとりしていなくて好みの味だ。こんなときでなければ、もっと美味しく感じられただろう。

凄く美味しいですと感想を述《の》べ、いかにも「ついで」といった感じで尋ねる。

「さっき俺と入れ替わりに若い男性が出ていかはりましたけど、女性客だけやのうて、男性客も増えてるんですか？」

「ああ、さっきの人は周太の高校の同級生や。たづくりーずの商店街の動画見て寄ってくれたみたい。たづくりにぎりを買《こ》うてくれた」

汐莉はあっけらかんと答える。北澤を警戒している様子は全くない。

「周太の友達て、周太と同じようなおとなしいタイプが多いけど、あの子はああいう体格やし、イケメンやろ。せやから印象に残っててん」

「周太さんと仲良かったんですか」

「特別仲良かったわけやないと思うけど、何回かうちに来たことあったな。和菓子好きでもなさそうやったし、なんで来てたんやろ。私が知らんだけで、案外周太と仲良かったんかもしれんわ」

和菓子好きでもないのに来ていたということは、やはり周太が目当てだったのか？

「周太さんが高校んとき、さっきの人と喧嘩したとか、仲違《なかたが》いしたとかは……」

「それはないんとちゃう？　周太は喧嘩するくらいやったら自分から去るタイプやし」

北澤が高校時代のわだかまりを解《と》くために、改めて話をしに来た、というわけでもないのか。

いや、でも、汐莉さんが周太さんの交友関係を全部知ってるわけやない。

はー、とその汐莉が大きなため息を落とす。

「積極的に喧嘩せえとは言わんけど、周太にはもうちょっとしっかりしてほしいわ」

「周太さん、凄くがんばってはりますよ。苦手なことでも一生懸命やから尊敬してます」

「私の前やからって、そんな褒めんでええで。周太の鈍《どん》くささはようわかってるから」

汐莉が苦笑したそのとき、年配の女性客が入ってきた。いらっしゃいませ、とすかさず声をかけた汐莉は、レジの方へ戻る。

結局、北澤が高校のときも『いしやま』に来ていたことくらいしか新しい情報はなかった。

あかん。めちゃめちゃもやもやする……。


その日の夜、秋楓は以前に送ったメールと全く同じ内容を、もう一度周太に送ってみた。

——何か俺に話したいことはありませんか？

すると十数分後に周太から返信があった。

——今からめっちゃ緊張してるけど、大丈夫やで。明日、ミスせんようにがんばるから、よろしくお願いします。中村君も、今日はよう休んでな。

どうやら明日の学祭のステージで気になっていることはないか、秋楓が心配していると思ったようだ。

いや、そっちやないんです。俺が聞きたいんは北澤ていう人のことです。

メールを読んだ後、思わず口に出してそうツッこんでしまった。

周太さんらしいっちゃ、周太さんらしいんやけど……。

この純粋さと、ある種の鈍《にぶ》さがかわいくてたまらないのだ。

とにかく明日、きちんと周太さんのフォローをして、改めて北澤について尋ねてみよう。

翌日は朝からよく晴れた。毎年のことだが、構内は午前中から既に賑《にぎ》わっていた。OBやOG、この大学に進学希望の高校生だけでなく、他大学の学生や近隣の住人もたくさん来ている。

テニスサークルで出したクレープの店も盛況《せいきょう》だった。クレープを作っていると、たづくりーずの中村《なかむら》さんですよね、と何度か声をかけられた。その度《たび》に応対しなくてはいけなかったので、最終的には会計と接客係に移動させられた。

笑顔で接客している間も、思い浮かぶのは周太《しゅうた》のことばかりだった。

朝、おはようございます、今から大学に行きます、気を付けて来てくださいね、とメッセージを送ると、おはようとすぐに返信があった。中村君も気を付けて。大学で会いましょう。緊張が伝わってきたが、焦《あせ》りやごまかしは感じられなかった。

けどやっぱりどうしても、北澤《きたざわ》と何をしゃべってはったんか気になる……。

一人悶々《もんもん》としているうちに昼になった。店番を交代した秋楓《かえで》は昼食を済ませ、「たづくりーず」の控え室に向かった。控え室といっても、メインステージの脇にある校舎の一室である。

校舎の中は表とは反対に人気《ひとけ》がなく、静かだった。放送部の司会者の声を遠くに聞きながら腕時計を見下ろす。ステージに上がるまで、一時間以上ある。

さすがに誰も来てへんやろうな。

それでも一応ドアをノックすると、はい、と応じる声が聞こえてきた。

周太さんの声や。

勢いよくドアを開けると、語学の講義で利用する小さめの教室には、やはり周太がいた。まだ衣装に着替えておらず、シャツにデニムのパンツという私服だ。

周太は秋楓を見てパッと顔を輝かせた。

「中村君、こんにちは！」

うわ、めちゃめちゃ嬉しそうでめちゃめちゃかわいい。

思わず目を細めつつ、秋楓も笑みを浮かべた。

「こんにちは。早いですね」

「時間に余裕があった方が、緊張せんかと思《おも》て……」

これからステージに立たなくてはいけないことを一瞬で思い出したのだろう、顔を強張《こわば》らせた周太に、秋楓はすかさず歩み寄った。

「いつも通りやらはったら大丈夫ですから」

「ん……。ありがとう。中村君に大丈夫て言うてもらえると、ほんまに大丈夫な気ぃする。今日はミスせんようにがんばるな」

まっすぐ見上げてきた真っ黒い瞳は、今までとは違った強い光を宿していた。

ドキ、と心臓が跳ねる。

この感じ、北澤と話してはったときと同じや。

強烈な焦りを覚えて、周太さん、と思わず呼んだそのとき、ドアの向こうから女性の怒鳴り声がした。

「ちょ、何すんねん！　あんた誰よ！」

「そういうの良うないて言うたやろ！」

「はあ？　ええやろ別に！　誰に何売ろうと私の勝手や！」

どうやら二人の女性が言い争っているようだ。

「周太さんはここにいてください」

早口で告げてドアを開ける。

少し先の廊下で、二十歳くらいの若い女性二人が取っ組み合っていた。

「ちょっと！　何やってるんですか！」

思わず怒鳴ったが、二人は全く聞いていない。互いを罵《ののし》りながら引《ひ》っ掻《か》いたり叩いたりしている。

慌てて一歩踏み出した次の瞬間、ぎゅっと後ろから腕をつかまれた。驚いて振り返ると、周太がしがみついている。

「な、中村君は、じっとしてて」

周太が秋楓の前に出ようとしたそのとき、反対側から体格の良い男が走ってきた。北澤だ。

「はい、ストップ！」

迫力のある太い声が廊下に響く。

すると二人は飼い主に命令された犬のように、一瞬ぴたりと動きを止めた。が、すぐにまた互いにつかみかかる。

「二人とも落ち着いて。喧嘩はやめましょうね」

駆け寄ってきた北澤は、どこをどうしたのか、女性たちをあっさり引き離した。

「こいつが悪いんや！　私は何もしてへん！」

「はあ？　中村君の卒アルとか写真を高《たこ》う売ろうとしてたくせに！」

「どっちも私のもんや、売って何が悪いねん！」

はいはいはい、と北澤は穏やかに、しかし断固たる声を出した。

「これ以上揉《も》めるんやったら、署の方で話聞くから」

「うるさいな！　あんたに関係ないやろ！　だいたいショって何やねん！」

「警察署や。俺、警察官やから」

「嘘つけ！」

「嘘やない。ほれ、警察手帳」

北澤は上着のポケットから手帳を取り出し、ぱか、と開いてみせた。

刑事ドラマでしかお目にかかったことがない場面を前にして、唖然《あぜん》としてしまう。

女性二人はあからさまに狼狽《ろうばい》した。そんな、大袈裟《おおげさ》、悪いのはあっちや、私は何もしてへんし、と各々《おのおの》言い訳を始める。そこで初めて秋楓がいることに気付いて、今度はキャーキャーと騒ぎ出した。

「どうしました？　大丈夫ですか？」

学祭の実行委員会の腕章《わんしょう》をつけた男女が駆け寄ってくる。

大丈夫です、と北澤が落ち着いた口調で答えた。

「ひとまず実行委員会の本部に連れてって、委員会の方立ち合いの元で話を聞いてもいいですか？」

なんでよ！　中村君、助けて！　とまた騒ぎ出した二人を、静かに、と北澤が遮《さえぎ》る。さりげなく秋楓と彼女らの間に入ったのは、揉めごとに慣れた警察官ならではだろう。

「とにかく一回話を聞かせてください。案内してもらえますか？」

「あ、はい、どうぞこっちへ！」

「ほら、静かにして。行くで」

北澤に厳しく促《うなが》され、女性二人は渋々歩き出した。

彼女らに続いた北澤に、周太が声をかける。

「あの、ありがとう」

肩越しに振り返った北澤は、ちらと微笑《ほほえ》んで頷いてみせた。

あの男は今の騒ぎを見越してここに来てたんか？

周太が来てくれと頼んだのだろうか。

北澤を見送った周太は大きなため息を落とした。かと思うと、慌てたようにこちらを見上げてくる。

「中村君、びっくりしたやろ。ごめんな」

「びっくりはしましたけど、なんで周太さんが謝るんですか」

「俺が、うまいこと対処できんかったから、こういうことになってしもたんや。ごめん」

「対処て、何があったんですか」

こちらの方が驚いて周太に向き直ると、彼は小さく頷いた。

肩をすぼめ、申し訳なさそうに話し出す。

「きっかけは、ネット上で中村君のファンの子同士の、喧嘩が始まったことやねん。卒アルを売ってほしいとか、写真売りますとか、そういうやりとりがあったみたいで……、それを止める子が出てきて、ファン同士で敵対するみたいになってしもたんや。公式にも、お互いの悪口書いたDMがくるようになって、その内容が段々エスカレートしてきて……」

たづくりーずの公式のSNSは見ていたが、争いには気付かなかった。恐らく公式ではなく、それ以外のサイトや掲示板でのやりとりが発端《ほったん》だったのだろう。

「それ、いつ頃からですか？」

「エスカレートしてきたんは、ここ一ヵ月くらいやと思う。そんで、どう対処したらええかわからんようになって……。串田《くしだ》さんと相談して、警察に言おうかていう話になったんやけど、名誉棄損《きそん》とか脅迫とか、そこまではいってへんから、もうちょっと様子見ようってことになってん。ただ、学祭で売り買いするていう書き込みがあってな、万が一のことがあったらあかんから、何かアドバイスもらおう思て、北澤君に相談したんや。そしたら、非番やけど来てくれることになって……。あ、昨日も念のために、うちの実家に様子見に行ってくれたみたい。中村君、前にうちの豆大福が好きやて公式でつぶやいてくれたやろ。せやから無関係とも言えんし、用心のためにて」

ああ、と秋楓は思わずため息とも相づちともとれる声を漏らした。

秋楓に関わることだから、周太はあんなに熱心に話していたのだ。心底安堵した笑顔を見せたのは、きっと北澤が、万が一のことがあっても俺が行くから心配するなと請《う》け合ってくれたからだろう。

北澤が秋楓を見て驚いた風だったのは、周太が相談した対象そのものに思いがけず出くわしたせいではないか。

刹那《せつな》、カッと頭の芯が熱くなった。どうしようもない怒りと苛立《いらだ》ちが腹の底から湧《わ》き出る。どちらも周太に対してではなく、己自身に対する感情だ。

周太さんが困ってたのに、なんで気付けんかったんや！

北澤に恋愛以外の相談をしていたのではないかと、なぜ想像することができなかったのか。

「俺、何も知らんくて、すんません……」

「えっ、や、そんなん、俺が何も話してへんかったんやから、中村君が気にすることない。それに、そういうトラブルに対応するんは、企画の責任者の仕事や。結局うまいこと治められんかって、北澤君に助けてもろたけど……。とにかく、中村君は学生さんやし、ほんまに、気にせんでええんやで」

周太は慌てたように言葉を紡《つむ》いだ。おろおろしている。

――けど、周太さんは社会人や。

市役所の職員として、まずは自分で対処しようとした。上司にも相談した。もしかしたら学祭で何か起こるかもしれないと予測して、警察官の友人にも相談した。

秋楓に話さなかったのは、年下で学生の秋楓の負担になってはいけないと思ったからだろう。

秋楓を守ろうとしてくれたのだ。

秋楓は改めて周太を見つめた。

申し訳なさそうに眉を寄せている。一心に見つめてくる真っ黒い大きな瞳は、やはり愛くるしい小型犬のそれに似ていた。

どんなにかわいいいて一生懸命でまっすぐで、ぷるぷるしてはっても、周太さんは大人や。

そうだ。以前、周太の中学時代の同級生が絡《から》んできたときも、懸命に立ち向かっていた。

周太はおとなしいし、人前に出るのも苦手だが、誰かの庇護《ひご》が必要なか弱い存在ではない。

「中村君？　大丈夫……？」

黙って見下ろすだけの秋楓が心配になったらしく、周太が遠慮がちに尋ねてくる。

はい、と掠《かす》れた声で返事をしたそのとき、周太、中村君、と呼ぶ声がした。

走ってきたのは根津《ねづ》と、実行委員会の腕章をつけた男だ。先ほどの男女とは別の人物である。

根津は主に周太に心配そうな視線を向けた。

「実行委員会の人に騒ぎがあったて聞いたけど、大丈夫か？　二人とも怪我とかしてへんか？」

「俺も中村君も、大丈夫。友達がちゃんと対処してくれたから」

「そうか、よかった」

いつになくはっきりと答えた周太に、根津はほっと息をつく。ちらと視線を向けられ、秋楓も大丈夫ですと頷いてみせた。すぐに周太に視線を戻した根津は、まだ心配そうだ。

根津さん、根津さんが思《おも》てるより、周太さんはずっと大人ですよ。

心の内でつぶやいていると、あの、と実行委員会の男が口を挟んだ。

「すみません、そろそろ打ち合わせをしたいんですが、よろしいでしょうか？」

「えっ、あ、はい。こっちこそ、お騒がせしてすんません」

周太は慌てたように頭を下げた。たちまち緊張の面持《おもも》ちになる。

――俺は、まだまだ未熟や。

年齢的にも二十歳《はたち》になったし、大学の勉強も友人関係もアイドル企画もそつなくこなしていたから、すっかり大人になった気でいたが、とんでもない。

初めての恋に浮かれていたことを差し引いても、考えが甘かった。了見《りょうけん》も狭い。

俺はとても周太さんに見合う男やない。

周太や根津と共に控え室に戻りつつ、秋楓は拳《こぶし》を握りしめた。

まずは、今日のステージをしっかりとこなそう。

ここから周太に相応《ふさわ》しい大人への第一歩を始めるのだ。

「では、登場してもらいましょう！　お隣の田造《たづくり》市のご当地アイドル、たづくりーずの皆さんです！」

女性司会者の呼び込みに従い、周太が先頭に立ってステージに上がった。

緊張のあまりぎくしゃくしている背中を見つめつつ、秋楓もステージに上がる。根津も後に続いた。三人ともステージ用の濃い紫の衣装を身につけている。

たちまち客席から拍手と歓声が湧いた。

二百人――、否、三百人以上いる。

テニスサークルの仲間、熊田《くまだ》とカノジョらしき女性、ゼミの友人たち、富永《とみなが》を含めた高校時代の友人たちの他、妹とそのカレシ、そして汐莉《しおり》と『いしやま』の常連客、市役所の職員の姿も見えた。

思ったより観客が多くて緊張が増したのだろう、周太が途中でつんのめる。

咄嗟に前に出て支えようとしたが、自身でどうにか体勢を立て直した。

めっちゃ緊張してはるけど、ちゃんとしようてがんばってはる。

俺も見習わんと。

「まずは歌ってもらいます、たづくりで会いましょう！　作詞作曲アレンジは今話題のミュージシャン、桜庭洋祐《さくらばようすけ》です！」

おおー！　とまた歓声があがる。

桜庭洋祐という名前につられて、興味なさげに歩いていた者たちも寄ってきた。

前奏が鳴る。踊り出す。

ちらと横目で見た周太は、懸命に体を動かしていた。ズボンの裾《すそ》から時折覗く足首が愛らしい。

本番前に秋楓が前髪をピンでとめたので、恐ろしいほど真剣な表情がよく見えた。

歌っているときは、本当は笑顔の方がいい。振り付けとダンスの指導をしてくれた若森《わかもり》も、石山《いしやま》さん、笑顔笑顔！　笑ってください！　とくり返し注意していた。

が、笑う余裕など欠片もなく、ひたすら真剣な顔で踊っている方が周太らしい。

ふいにじんと胸が熱くなった。

ああ、俺はこの人が好きや。

改めて実感する。

たづくりで会いましょう。皆は何もないところだって言うけど、たづくりにはあなたがいる。

僕の大好きなあなたが。だからたづくりで会いましょう。

秋楓はサビのその歌詞を、周太への想いを込めて大切に歌った。

周太さん、と呼ぶと、ん？　周太は首を傾げた。

どこかぽやんとしているのは、風呂上がりというだけでなく、今日の学祭のステージが今までで一番うまく歌えて踊れたからだろう。観客の拍手と歓声も、いつになく大きかった。まだ興奮と歓喜が体の隅々に残っているのだ。

ステージを終えて帰ってきたのは、もちろん周太のマンションである。

秋楓はソファの隣に腰を下ろした周太をまっすぐ見つめた。そして二人きりになったら伝えようと思っていたことを口にする。

「俺、もっと賢《かしこ》うなって、視野を広げられるように努力します」

「え？　あ、うん。けどもう、中村君は賢いし、視野も広いやろ」

「まだまだ、全然です」

「そんなことないで、めっちゃ頼りになるし……」

「そんなことあるんです」

きっぱり言い切ると、うん、と周太は応じつつも首を傾げた。本当は腑《ふ》に落ちないが、秋楓の勢いに押された感じだ。

己の固い決意を告げたつもりだったが、気持ちが先走ってしまった。

今の言い方では周太さんには謎だらけや。

秋楓は大きく深呼吸した。己の浅はかさを、きちんと説明しないといけない。

「俺、北澤さんが周太さんを好きなんやないかて思たんです」

「えっ！　なんで？」

「周太さんが、今まで見たことない顔で北澤さんと話してはったから」

「えっ、そうやったか？」

「そうです。真剣な、厳しい顔でした」

「えっ、ほんま？」

秋楓に言われたことがいちいち予想外だったらしく、周太は何度も瞬《まばた》きをする。

「自分では、ようわからんけど……。あのとき、中村君に負担かけたらあかん、守らんとあかんて必死やったんや。せやから、そういう顔になってたんかも……」

何よりも嬉しく、そして少し悔しい言葉に、秋楓は全身が愛《いと》しさで震えるのを感じた。

周太さん、と呼んで細身の体を抱きしめる。

我慢できずに滑《なめ》らかな頬にキスをすると、周太はくすぐったそうに笑った。

「中村君、案外ヤキモチ焼きやなあ」

「そうですよ。前にも焼きまくりですて言うたやないですか」

否定せずに思い切り肯定《こうてい》すると、周太は頬をピンク色に染める。

「俺、そんな妬《や》いてもらうほどモテへんで。それに北澤君が好きなん、姉ちゃんやし」

えっ！　と今度は秋楓が声をあげてしまった。

ん、と周太は笑って頷く。

「高校んとき、俺が風邪ひいて休んだことがあって。北澤君がプリントか何かを届けてくれたんや。そんときに一目惚れしたんやて。高校卒業してから他の人と付き合《お》うたこともあったみたいやけど、やっぱりどうしても汐莉さんがええて言うてた」

「マジですか……」

北澤が「たづくりにぎり」を買って帰ったのは、それが店の中で唯一、汐莉が考案した物だったからかもしれない。これ私が考えてん、と自慢されたのだろう。

肝心《かんじん》の汐莉さんは、全然気付いてへんみたいやったけどな……。

弟の高校時代の友達。本当にそれだけのようだった。

これからどう関係が発展するかは、北澤次第ということだ。

「あんな騒ぎになって、結局中村君に迷惑かけてしもて……、いっくんが言うた通り、最初から中村君にも話しといたらよかったかもしれん」

改めて昼間の出来事を思い出したらしく、周太はため息を落とした。

今、聞き捨てならないことを言われた気がする。

「……根津さんには話したんですか？」

うん、と悪気なく返事をした周太だったが、体が密着していたせいだろう、秋楓の不機嫌にすぐ気付いたようだ。慌てて言葉を紡ぐ。

「あ、あの、何かの話のついでに、ちょっと言うただけや。きちんと相談したんは、串田さんと北澤君だけやし」

そうですか、と応じた声には自己嫌悪と自嘲《じちょう》が滲《にじ》んだ。

俺は子供やったけど、根津さんは大人やったていうことや。

根津に妬く前に、まずは自分が成長しなくては。

秋楓に嫉妬させてしまったことで焦ったらしく、周太は更に続ける。

「あの、今日のステージ、途中からやけど、初めてちょっと楽しいて思えた。中村君が、傍《そば》におってくれたからや。ありがとう」

懸命に言うなり、周太は秋楓の頬に掠《かす》めるようなキスをした。

たとえ頬でも、自分からキスをしてくれたのは初めてだ。

思わずじっと見つめると、周太は恥ずかしそうに目を伏せた。長い睫《まつげ》が震えている。

ぷるぷるしてはる周太さんは、やっぱりめちゃめちゃかわいい。

「明日のステージも、がんばりましょう」

頬を緩めて言うと、周太はさも嬉しそうに笑った。

「明日も一緒にがんばろ。あっ、あの、中村君……、今日は……、今日も……、さ、触りっこするだけな……？」

パジャマの裾《すそ》をたくし上げる秋楓の手をそのままに、周太がこちらを上目遣いで見つめてくる。真っ黒い瞳は早くも情欲で潤《うる》んでいた。

あー、もう辛抱《しんぼう》たまらん……。

そんな親父くさいことを思いつつ、わかりましたと答える。

「触るだけにしますけど、ちゃんと名前で呼んでくださいね」

ん、と小さく頷いた周太は、秋楓君、とやはり小さな声で呼んだ。

「……大好き」

囁くように告げられて、たまらず口づける。

大人やけど、かわいいかわいい俺の恋人。

俺も、周太さんが大好きや。

あとがき

AFTERWORD

―久我有加―


小学生の頃、ビートルズのアルバムを買ってもらったのをきっかけに、洋楽を中心に聴くようになりました。ときどきクラシックやジャズ、そしてもちろん日本の歌も聴いていましたが、十代から二十代にかけては洋楽が一番好きでした。

そんなわけで、アイドルにハマった経験は一度もなかったのです。

月日は流れ、音楽をレコードやCDで聴くことが珍しくなった昨今《さっこん》、たまたまテレビで昔のアイドルたちの映像を見る機会がありました。

改めて聴くといい歌がたくさんある……！

アイドルを書きたい気持ちが湧いてきたのは、そんなかつてのアイドルたちの、素晴らしい歌とパフォーマンスに感動したからです。

とはいえ本書の主人公たちは「ご当地」アイドルなので非常に地味です。しかもタイトルが『アイドル始めました』であるにもかかわらず、表題作ではほとんどアイドルを始めていません……。全国区の人気アイドルが主人公だと思って本書を手にとられた方がおられましたら、申し訳ありません。

カップル的には、不器用で緊張しぃな地味受と、ソフトSが入った王子様攻という組み合わせが楽しかったです。特に久しぶりのソフトS攻にモエました。またいつかどこかで書きたいと思います。


最後になりましたが、本書に携《たずさ》わってくださった全ての皆様に感謝申し上げます。

編集部の皆様、ありがとうございました。特に担当様にはたいへんお世話になりました。

素敵なイラストを描いてくださった、榊空也《さかきくうや》先生。お忙しい中、挿絵を引き受けてくださり、ありがとうございました。周太《しゅうた》を可愛らしく、中村《なかむら》を爽《さわ》やかにかっこよく描いていただけて、とても嬉しかったです。アイドルの衣装も凄《すご》くかっこよかったです！

支えてくれた家族。いつもありがとう。

この本を手にとってくださった皆様。貴重なお時間を割《さ》いて読んでくださり、ありがとうございました。もしよろしければ、ひとことだけでもご感想をちょうだいできると嬉しいです。

このあとがきを書いている時点ではまだ油断できない状況にありますが、どうぞ皆様、くれぐれもご自愛ください。

本書がほんの少しでも、心の休憩所となりますように。

二〇二〇年六月　久我有加

この本を読んでのご意見、ご感想などをお寄せください。
久我有加先生・榊 空也先生へのはげましのおたよりもお待ちしております。

〒113-0024　東京都文京区西片2-19-18　新書館
[編集部へのご意見・ご感想] ディアプラス編集部「アイドル始めました」係
[先生方へのおたより] ディアプラス編集部気付　〇〇先生

- 初出 -
アイドル始めました：小説DEAR+20年フユ号（Vol.76）
たづくりで会いましょう：書き下ろし

[あいどるはじめました]
アイドル始めました

著者：**久我有加** くが・ありか

初版発行：2020 年7月 25日

発行所：株式会社 新書館
[編集] 〒113-0024
東京都文京区西片2-19-18　電話（03）3811-2631
[営業] 〒174-0043
東京都板橋区坂下1-22-14　電話（03）5970-3840
[URL] https://www.shinshokan.co.jp/

印刷・製本：株式会社 光邦

ISBN978-4-403-52510-0